Katherine Mansfield (Kathleen Beauchamp), geboren am 14. Oktober 1888 in Wellington, Neuseeland, ist am 9. Januar 1923 in Fontainebleau gestorben.
Ihre Erzählungen werden oft mit Maupassants, Tschechows oder Gorkis kurzer Prosa in einem Atemzug genannt, wenn es darum geht, die Entwicklung der kleinen Erzählformen bis zur short story zu skizzieren. In ihren Erzählungen wendet sie sich den Gestalten zu und beobachtet deren Handeln. Es sind diese kleinen treffend gezeichneten Beobachtungen, stets distanziert, häufig karikierend und decouvrierend, mit denen sie Grundlegendes charakterisiert – ob es nun »Der Mann ohne Temperament« ist, in seiner geistigen Ziellosigkeit, oder Rosemary, die reiche, aber nicht eigentlich schöne junge Frau, die aus der Begegnung mit einem armen, aber hübschen Mädchen nicht aus ihrer Oberflächlichkeit herauswächst. Katherine Mansfield bildet »das Leben« ebenso wahrhaft wie originell ab.

insel taschenbuch 2325

Katherine Mansfield

Der Mann ohne Temperament

Ein insel taschenbuch

im Großdruck

Katherine Mansfield
Der Mann ohne Temperament

und andere Erzählungen

Aus dem Englischen
von Heide Steiner

Insel Verlag

insel taschenbuch 2325
Erste Auflage 1991
Insel Verlag Frankfurt am Main und Leipzig

Hinweise zu dieser Ausgabe am Schluß des Bandes
Vertrieb durch den Suhrkamp Taschenbuch Verlag
Umschlag nach Entwürfen von Willy Fleckhaus
Satz und Druck: Wagner GmbH, Nördlingen
Printed in Germany

1 2 3 4 5 6 – 96 95 94 93 92 91

Inhalt

Die Frau im Kaufladen

Die Hitze war den ganzen Tag über schrecklich. Der Wind wehte dicht am Boden; er zerzauste das Büschelgras, huschte die Landstraße entlang, so daß der weiße Bimssteinstaub uns ins Gesicht wirbelte, herabrieselte und sich auf uns festsetzte wie eine trockene Kruste, die auf dem Körper juckte, als wolle sie wachsen. Die Pferde stolperten prustend und schnaubend dahin. Das Packpferd war übel dran – es hatte sich am Bauch eine große offene Wunde aufgescheuert. Ab und zu blieb die Stute abrupt stehen, warf den Kopf zurück, sah uns an, als wolle sie losheulen, und wieherte. Hunderte von Lerchen schrillten; der Himmel hatte die Farbe grauen Schiefers, und der Spektakel der Lerchen ließ mich an Griffel denken, die über ihn wie über eine Tafel kratzten. Nichts war zu sehen, nur eine Büschelgraswoge nach der anderen, dazwischen Flecken dunkelroter Orchideen und mit dicken Spinnweben bedeckte Manukasträucher.

Jo ritt voran. Er trug ein blaugestreiftes Kattunhemd, Kordsamthosen und Reitstiefel. Um den Hals hatte er ein rotweißgetüpfeltes Taschentuch geknüpft – es sah aus, als hätte er Nasenbluten gehabt. Weiße Haarsträhnen drängten hier und da unter seinem Schlapphut hervor – Schnurrbart und Augenbrauen waren ebenfalls weiß zu nennen – brummend hockte er vornübergebeugt im Sattel. Nicht ein einziges Mal hatte er an diesem Tag

Ach, es kümmert mich ’nen Dreck,
meine Schwiegermutter, die war ja vornweg!

gesungen.

Es war der erste Tag seit einem Monat, daß wir es nicht gehört hatten, und in seinem Schweigen schien jetzt etwas Unheimliches zu liegen. Weiß wie ein Clown ritt Jim neben mir; seine schwarzen Augen glitzerten, und unablässig ließ er die Zunge vorschnellen, um sich die Lippen anzufeuchten. Er trug ein Jägerwams und blaue Segeltuchhosen, die von einem geflochtenen Ledergürtel gehalten wurden. Seit Tagesanbruch hatten wir kaum gesprochen. Zu Mittag hatten wir ein paar zerbröckelte Kekse und Aprikosen gegessen, während wir an einem sumpfigen Wasserlauf rasteten.

»Mein Magen ist wie’n Kropf von ’nem Huhn«, brummte Jo. »Na, Jim, du bist doch der Oberschlaue von uns. Wo is denn nu dieser Laden, von dem du in einer Tour rumgefaselt hast? ›Ach ja‹, sagste, ›ich kenn ’nen feinen Laden, da is ’ne Koppel für die Pferde, und da geht ’n Bach durch, der gehört ’nem Kumpel von mir, der gibt dir ’ne Flasche Whisky, noch bevor er dir guten Tag sagt.‹ Ich tät mir den Fleck ganz gern mal begucken – bloß so aus Neugier – nich daß ich dir nich trauen täte – wie du verdammt gut weißt – aber ...«

Jim lachte. »Und vergiß nicht, da ist auch ’ne Frau, Jo, mit blauen Augen und blondem Haar, die verspricht dir noch was ganz anderes, bevor sie dir guten Tag sagt. Das laß dir gesagt sein.«

»Du hast wohl ’ne weiche Birne von der Hitze«, sagte Jo. Aber er stieß dem Pferd die Knie in die Flanken. Wir trotteten weiter. Ich verfiel in eine Art Halbschlaf und hatte so einen beklemmenden Traum, daß die Pferde überhaupt nicht vorankamen. Dann saß ich auf einem Schaukelpferd, und meine alte Mutter schimpfte mich aus, weil ich vom Wohnzimmerteppich einen so fürchterlichen Staub aufwirbelte. »Du hast das Muster vom Teppich ganz abgenüffelt«, hörte ich sie sagen, und sie zog an den Zügeln. Ich schniefte, und als ich aufwachte, beugte sich Jim mit einem hämischen Lächeln über mich.

»Um ein Haar wär’s passiert«, sagte er. »Hab dich gerade noch erwischt. Was ist los? Heia gemacht? Eingeduselt?«

»Nein!« Ich hob den Kopf. »Gott sei Dank, da ist endlich was.«
Wir waren oben auf einer Anhöhe angelangt, und unter uns erblickten wir ein Häuschen, ähnlich den Hütten der Maoris, mit einem Wellblechdach. Es stand in einem Garten, etwas abseits von der Straße. Auf der anderen Seite war eine Koppel und ein Bach und eine Gruppe junger Weiden. Aus dem Schornstein des Hauses stieg eine dünne blaue Rauchfahne kerzengerade in die Höhe. Und wie ich so hinschaute, trat eine Frau heraus, dahinter ein Kind und ein Schäferhund, die Frau trug etwas, was wie ein schwarzer Stock aussah. Sie gestikulierte damit in unsere Richtung. Die Pferde setzten zum Endspurt an, Jo nahm den Schlapphut ab, schrie, warf sich in die Brust und begann zu singen: »Ach, es kümmert mich 'nen Dreck ...« Durch die fahlen Wolken brach die Sonne und warf über das Bild da vor uns ein lebendiges Licht. Es leuchtete auf dem blonden Haar der Frau, streifte die an ihr baumelnde Schürze und das Gewehr, das sie trug.
Das Kind verkroch sich hinter ihr, und der gelbe Hund, ein räudiges Vieh, trollte sich wieder davon ins Haus, den Schwanz zwischen die Beine geklemmt. Wir zogen die Zügel an und saßen ab.
»Hallo!« schrie die Frau. »Ich dachte schon, ihr

wärt drei Rumtreiber. Der Balg kommt bei mich reingepest. ›Mama‹, sagt sie, ›da kommen drei braune Kerle übern Berg runter‹, sagt sie. Und ich nischt wie raus, das kann ich euch sagen. ›Das sind bestimmt Rumtreiber‹, sag ich zu ihr. Ach, die Massen Rumtreiber hier rum, das könnt ihr euch nich vorstelln.«
›Der Balg‹ erwies uns die Gnade, hinter der Schürze der Frau hervor mit einem Auge auf uns zu schielen. Dann zog sich die Kleine wieder zurück.
»Wo ist denn Ihr Alter?« fragte Jim.
Die Frau blinzelte heftig und verzog das Gesicht.
»Fort, bei der Schafschur. Schon 'nen Monat weg. Sie wolln hier doch nich gar Station machen, wie? Da braut sich was zusammen.«
»Und ob wir das wollen!« erwiderte Jo. »Da sind Se also ganz alleine, Missis?«
Sie stand da, drehte ihre Schürzenfalbel zusammen und blickte wie ein hungriger Vogel von einem zum andern. Ich lächelte, als ich daran dachte, wie Jim, Jo mit ihr aufgezogen hatte. Sicher, sie hatte blaue Augen, und was sie an Haaren ihr eigen nannte, war blond, aber häßlich. Sie bot einen lächerlichen Anblick, wie eine Witzfigur. Wenn man sie ansah, hatte man das Gefühl, unter der Schürze da wären nichts als Stöcke und Drähte – die Vorderzähne waren ausgebrochen, sie hatte rote schwammige

Hände, und an den Füßen trug sie ein Paar schmutzige derbe Schnürstiefel.
»Ich geh mal die Pferde auf die Weide treiben«, sagte Jim. »Haben Sie was zum Einreiben? Poi hat sich teuflisch wundgescheuert.«
»Moment mal!« Einen Augenblick stand die Frau schweigend da, beim Luftholen, blähten sich ihre Nasenflügel auf. Dann schrie sie wütend: »Ich will aber nich, daß Sie hierbleiben... Das geht nich, und damit basta. Ich geb die Koppel da nich mehr her. Zieht man schön wieder ab. Hier gibt's nischt.«
»Na, so was!« sagte Jo langsam. Er zog mich beiseite. »Hat wohl nich mehr alle Tassen im Schrank«, flüsterte er. »Zuviel alleine, weißt du«, sehr vielsagend. »Mach auf die mitleidige Tour bei ihr, dann wird sie wieder normal.«
Doch das war gar nicht nötig – sie war von allein wieder zu sich gekommen.
»Wennse wolln, könnse bleiben!« murmelte sie mit einem Achselzucken. Zu mir gewandt: »Ich geb Ihnen was zum Einreiben, wenn Se mitkommen.«
»Jawohl! Ich bring's ihnen dann runter.« Wir gingen zusammen den Gartenweg hinauf. Zu beiden Seiten war Kohl gepflanzt. Die Kohlköpfe rochen wie abgestandenes Abwaschwasser. An Blumen

gab es gefüllte Mohnblumen und Bartnelken. Ein Stückchen war mit Pawamuscheln abgeteilt – wahrscheinlich gehörte es dem Kind –, denn es lief von der Mutter weg und fing an, mit einer zerbrochenen Wäscheklammer darin herumzustochern. Der fahlgelbe Hund lag quer über der Türschwelle und flöhte sich; mit einem Fußtritt stieß ihn die Frau weg.

»Gar-r, scher dich fort, du Biest... drin is nich aufgeräumt. Ich hab heut keine Zeit gehabt, Ordnung zu machen – hab gebügelt. Kommse rein.«

Ein großes Zimmer, die Wände waren mit alten Seiten aus englischen Magazinen beklebt. Königin Victorias Jubiläum schien die neueste Nummer zu sein. Ein Tisch, darauf Bügelbrett und Wäschekorb, ein paar Holzbänke, ein schwarzes Roßhaarsofa, ein paar kaputte Rohrstühle waren an die Wände geschoben. Der Sims über dem Ofen war mit rosarotem Papier drapiert, dazu schmückten ihn getrocknete Gräser und Farnkraut und ein Farbdruck von Richard Seddon. Es gab vier Türen – nach dem Geruch zu urteilen, führte die eine in den ›Laden‹, eine ging auf den Hof hinaus, durch eine dritte konnte ich ins Schlafzimmer sehen. Fliegen summten in Schwärmen an der Decke, und an die Fenstervorhänge waren Fliegenfänger und Büschel getrockneten Klees gezweckt.

Ich war allein im Zimmer. Sie war in den Laden gegangen, um das Einreibemittel zu holen. Ich hörte, wie sie umherstapfte und vor sich hin murmelte: »Ich hab welches, hm, wo hab ich denn nun die Flasche hingetan? ... Hinter den sauren Gurken ... nein, da isses auch nich.« Ich machte mir auf dem Tisch Platz, saß da und baumelte mit den Beinen. Auf der Koppel unten konnte ich Jo singen hören, dazu den Klang von Hammerschlägen, als Jim die Zeltpflöcke einrammte. Die Sonne ging unter. Unsere neuseeländischen Tage kennen keine Dämmerung, sondern nur eine sonderbare halbe Stunde, in der alles phantastisch verzerrt erscheint – zum Fürchten –, als wäre der wilde Geist der Insel außer Landes gegangen und verhöhnte nun das, was er dort sah. Als ich so allein in dem häßlichen Zimmer saß, wurde mir angst und bange. Die Frau nebenan brauchte wirklich lange, um das Zeug zu suchen. Was machte sie bloß da drin? Einmal war mir, als hörte ich sie mit den Fäusten auf den Ladentisch schlagen, und einmal stöhnte sie beinahe und machte ein Husten und Räuspern draus. Ich wollte »Halten Sie sich mal ein bißchen dazu!« rufen, aber ich blieb still.
›Du lieber Gott, was für ein Leben!‹ dachte ich. ›Wenn man sich vorstellt, tagein, tagaus hier zu sein, mit diesem Scheusal von Kind und einem räu-

digen Hund! Und dazu plagt sie sich noch mit Bügeln! Verrückt, natürlich ist sie verrückt! Wie lange wird sie wohl schon hier sein? Ob ich sie zum Reden bringen kann?‹
In dem Augenblick steckte sie den Kopf zur Tür herein.
»Was war das gleich, was Se wollten?« fragte sie.
»Einreibemittel.«
»Oh, hatt's vergessen. Ich hab's, es war vor den Gurkentöpfen.«
Sie gab mir die Flasche.
»Du meine Güte, sehn Sie aber müde aus! Soll ich Ihnen fix 'n paar feine Fladen zum Abendessen in die Pfanne haun? Im Laden ist auch 'n bißchen Zunge, und ich mach Ihnen 'nen Kohlkopp, wenn Se mögen.«
»Großartig.« Ich lächelte ihr zu. »Kommen Sie doch auf die Koppel runter zum Tee und bringen Sie die Kleine mit.«
Sie schüttelte den Kopf und spitzte den Mund.
»Ach nee. Ich mag nich. Ich schick Ihnen das Balg runter mit dem Zeugs und 'nem Topp Milch. Soll ich Ihnen noch 'n paar Fladen extra machen, für morgen, zum Mitnehmen?«
»Vielen Dank.«
Sie trat näher und blieb in der Tür stehen.
»Wie alt ist die Kleine?«

»Sechs – nächste Weihnachten. Ich hab nich wenig Sorgen gehabt mit ihr. Ich hatt keine Milch bis 'nen ganzen Monat nachdem se geboren war, und sie kränkelte rum wie 'ne Kuh.«

»Sie sieht Ihnen gar nicht ähnlich – sie kommt wohl nach dem Vater?« Da schrie sie mich genauso an, wie sie uns zuvor ihre Ablehnung zugeschrien hatte.

»Nee, woher denn! Se is, verdammt noch mal, mir wie aus'm Gesicht geschnitten! Jeder Idiot könnte das sehn. Komm jetzt rein, Else, hör auf, im Dreck rumzuwühln.«

Ich traf auf Jo, als er über das Koppelgatter kletterte.

»Was hat denn die alte Schlampe so im Laden?« fragte er.

»Weiß nicht – hab nicht geguckt.«

»Hm, zu dumm! Jim flucht ganz schön auf dich. Was hast du denn die ganze Zeit gemacht?«

»Sie konnte das Zeug nicht finden. Oh, ich werd nicht wieder, bist du aber elegant!«

Jo hatte sich gewaschen, sich das nasse Haar in einer Linie quer über die Stirn gekämmt und ein Jakkett übergezogen. Er grinste.

Jim riß mir das Einreibemittel aus der Hand. Ich ging bis an den Rand der Koppel, wo die Weiden wuchsen, und nahm ein Bad in dem Flüßchen. Das

Wasser war klar und weich wie Öl. An den Uferrändern wälzte sich weißer Schaum, die Bläschen blieben im Gras und an den Binsen hängen. Ich lag im Wasser und sah hinauf in die Bäume, die einen Augenblick ganz ruhig waren, dann leicht erzitterten, um darauf wieder ruhig zu sein. Die Luft roch nach Regen. Ich dachte nicht mehr an die Frau und das Kind, bis ich ins Zelt zurückkam. Jim lag am Feuer und paßte auf den Topf auf, in dem es kochte.

Ich fragte, wo Jo wäre und ob die Kleine unser Abendessen gebracht hätte.

»Ach was«, sagte Jim, drehte sich auf den Rücken und sah zum Himmel hinauf. »Hast du denn nicht gesehen, wie sich Jo herausgeputzt hat? Bevor er zum Haus hinaufging, sagte er zu mir: ›Hol's der Teufel! Bei Nacht wird sie schon besser aussehen – auf jeden Fall, mein Alter, ist's Weiberfleisch!‹«

»Du hast Jo ganz schön reingelegt mit ihrem Aussehen – mich auch.«

»Nein – hör zu. Ich kann daraus nicht schlau werden. Es ist vier Jahre her, seit ich hier lang gekommen bin, und damals bin ich zwei Tage geblieben. Ihr Mann war mal ein Kumpel von mir gewesen, unten an der Westküste – ein feiner, großer Kerl mit einer Stimme wie eine Posaune. Sie war unten an der Küste Bardame gewesen – hübsch wie ein

Wachspüppchen. Damals ist alle zwei Wochen der Bus hier lang gekommen, das war, ehe sie oben bei Napier die Eisenbahnlinie eröffnet hatten, und sie hatten ein herrliches Leben! In einer vertraulichen Minute hat er mir mal erzählt, daß sie hundertundfünfundzwanzig verschiedene Arten zu küssen kennt!«

»Ach, Jim, hör auf! Das ist doch nicht dieselbe Frau!«

»Klar, sie ist's ... Ich versteh's nicht. Ich denk mir, der Alte ist verduftet und hat sie sitzenlassen: Mit der Schur, das ist alles Unsinn. O süßes Leben! Die einzigen, die jetzt hier vorbeikommen, sind Maoris und Landstreicher.«

Durch die Dunkelheit sahen wir die Schürze der Kleinen schimmern. Sie kam zu uns herübergeschlurft, in einer Hand einen Korb, in der anderen den Milchtopf. Ich packte den Korb aus, das Kind sah mir dabei zu.

»Komm mal her«, sagte Jim und schnalzte mit den Fingern.

Sie ging hin, die Lampe aus dem Zeltinnern warf helles Licht über sie. Ein gemeines, zu klein geratenes Balg mit weißlichem Haar und schlechten Augen. Mit gespreizten Beinen stand sie da und reckte den Bauch vor.

»Was machst du so den ganzen Tag?« fragte Jim.

Mit dem kleinen Finger wischte sie eine Träne weg, betrachtete das Ergebnis und sagte: »Malen«.

»Aha! Was malst du denn? Laß die Ohren in Ruhe!«

»Bilder.«

»Womit?«

»Stückchen Butterbrotpapier und Bleistift von meiner Mama.«

»Buh! Was für eine Menge Wörter auf einmal!« Jim rollte mit den Augen. »Mähschäfchen und Muhkühe?«

»Nein, alles. Ich werde euch alle malen, wenn ihr weg seid, und eure Pferde und das Zelt und die da«, sie zeigte auf mich, »im Bach, wie sie gar nichts anhatte, ich hab zugeguckt, aber sie konnte mich nicht sehen.«

»Vielen Dank. Wir großartig von dir!« sagte Jim. »Wo ist dein Papa?«

Die Kleine schob die Lippen vor. »Das sag ich dir nicht, weil mir dein Gesicht nicht gefällt.« Sie fing an, sich an dem anderen Ohr zu schaffen zu machen.

»Da«, sagte ich. »Nimm den Korb, geh nach Hause und sag dem andern Mann, das Essen ist fertig.«

»Ich will aber nicht.«

»Du kriegst eins hinter die Löffel, wenn du's nicht machst«, sagte Jim wütend.

»Hih! Das sag ich meiner Mama. Das sag ich meiner Mama.« Die Kleine sauste davon.
Wir aßen, bis wir nicht mehr konnten, und waren beim Rauchen angelangt, als Jo zurückkam, hochrot und aufgekratzt, in der Hand eine Whiskyflasche.
»Trinkt was, ihr beiden!« rief er und tat ganz schön großspurig. »Los, schiebt mal die Becher rüber.«
»Hundertfünfundzwanzig verschiedene Arten«, murmelte ich zu Jim.
»Was soll das heißen? Ach! Laßt doch den Quatsch!« sagte Jo. »Warum hackt ihr nur immer so auf mir rum? Ihr redet ein Blech wie 'ne Göre auf 'ner Sonntagsschulfete. Sie möchte, daß wir heute abend zu einem gemütlichen Schwatz raufkommen. Ich« – er machte eine leichtfertige Handbewegung – »hab sie rumgekriegt.«
»Das sieht dir ähnlich!« lachte Jim. »Aber hat sie dir gesagt, wo der alte Knabe geblieben ist?«
Jo sah auf. »Der schert Schafe. Das hast du doch gehört, du Blödmann!«

Die Frau hatte das Zimmer aufgeräumt, auf dem Tisch stand sogar ein duftiger Strauß Bartnelken. Sie und ich saßen auf der einen Seite, Jo und Jim auf der andern. Zwischen uns standen eine Petroleumlampe, die Whiskyflasche, Gläser und ein Wasserkrug. Die Kleine kniete vor einer Bank und malte auf Butterbrotpapier. Ich fragte mich ingrimmig, ob sie wohl gerade die Bachepisode in Arbeit hatte. Doch Jo hatte recht gehabt, was die späte Stunde betraf. Das Haar der Frau war zerzaust – auf ihren Wangen brannten zwei rote Flecken – die Augen glänzten – und wir wußten, daß die beiden unterm Tisch ein zärtliches Spiel mit den Füßen trieben. Statt der blauen Schürze trug sie jetzt eine weiße Morgenjacke aus Kattun und einen schwarzen Rock. Die Kleine war mit einer blauseidenen Haarschleife herausgeputzt worden. In dem Zimmer war es zum Ersticken, die Fliegen prallten gegen die Decke und fielen dann auf den Tisch herunter, langsam wurden wir betrunken.

»Jetzt hört mal gut zu«, rief die Frau und schlug mit der Faust auf den Tisch. »Sechs Jahre bin ich nun verheiratet und vier Fehlgeburten. Sag ich zu ihm, was denkst du denn, sag ich, was ich hier draußen machen soll? Wenn du wieder an der Küste wärst, würd ich dich wegen Kindesmord lynchen lassen. Immer wieder sag ich zu ihm – du hast meinen Mut gebrochen und mein Aussehen verschandelt. Und für was denn – ja, das ist's ja, was ich sagen will.« Sie hielt sich den Kopf und starrte in die Runde. Sie sprach jetzt ganz schnell: »Oh, manchmal – monatelang – hör ich dauernd die zwei Worte in mir hämmern – ›Für was!‹, und manchmal, wenn ich am Kartoffelkochen bin und ich heb den Deckel hoch, um sie anzustechen, dann hör ich ganz plötzlich wieder ›Für was denn?‹. Ach, ich mein nich nur die Knollen und die Kleine – ich mein – ich meine«, sie hatte den Schluckauf, »Sie wissen, was ich meine, Mr. Jo.«

»Ich weiß«, erwiderte Jo und kratzte sich am Kopf.

»Mein Unglück is«, sie beugte sich über den Tisch, »er hat mich zuviel alleine gelassen. Als der Bus nich mehr kam, is er manchmal tagelang weg gewesen, manchmal is er wochenlang weg gewesen, und ich hatte den Laden auf dem Hals. Dann kam er quietschvergnügt wieder. ›Oh, hallo‹, hat er gesagt, ›wie geht's? Komm und gib uns 'nen Kuß.‹ Manchmal war ich ja sauer, und dann isser einfach wieder los; wenn ich's aber zufrieden war, machte er solange, bis er mich um den Finger wickeln konnte, und dann sagte er: ›Also denn, mach's gut, ich geh los‹, und glauben Se denn, ich konnte ihn halten? – nee – ich nich!«

»Mama«, plärrte die Kleine, »ich hab ein Bild von ihnen aufm Hügel gemacht, und unten stehn du und ich und der Hund.«

»Halt den Mund!« sagte die Frau.

Ein greller Blitz erhellte das Zimmer. Wir hörten Donner grollen.

»Bloß gut, daß es endlich losgeht«, sagte Jo. »Schon drei Tage hab ich's in den Knochen gespürt.«
»Wo ist Ihr Alter jetzt?« fragte Jim langsam.
Die Frau schluchzte auf und legte den Kopf auf den Tisch. »Jim is fort zum Schafescheren und hat mich wieder alleine gelassen«, wimmerte sie.
»He, Vorsicht mit den Gläsern«, sagte Jo. »Prost! Trinken wir noch 'n Schluck. Hin is hin, auch wenn's der Ehemann is. Prost, Jim, du alter Affe!«
»Mr. Jo«, sagte die Frau, als sie sich an der Rüsche ihrer Jacke die Augen trockenwischte, »Sie sind 'n Gentleman, und wenn ich 'ne Frau wär, die was zu verbergen hätte, Ihnen würd ich alles anvertrauen. Und darauf trink ich gern 'n Glas.«
Von Minute zu Minute leuchteten die Blitze greller und klang der Donner näher. Jim und ich schwiegen – das Kind rührte sich nicht an seiner Bank. Es steckte die Zunge raus und blies aufs Papier, während es malte.
»Es is die Einsamkeit«, sagte die Frau, an Jo gewandt, der sie schmachtend anblickte, »und daß man hier wie 'ne Bruthenne festsitzt.« Er griff über den Tisch nach ihrer Hand und hielt sie fest, und obgleich die Stellung äußerst unbequem sein mußte, wenn sie sich Wasser und Whisky reichen wollten, klebten ihre Hände zusammen, als wären

sie aneinandergeleimt. Ich schob den Stuhl zurück und ging zu der Kleinen hinüber, die sich sofort platt auf ihre künstlerischen Machwerke setzte und mir eine Fratze zog.
»Sie dürfen das nich sehn«, sagte sie.
»Ach mach schon, sei nicht garstig!« Jim kam zu uns herüber, und wir waren betrunken genug, die Kleine zum Vorzeigen der Bilder zu beschwatzen. Und diese ihre Malereien waren ganz außergewöhnlich und abstoßend gemein. Die Machwerke einer Irren mit der Schläue einer Irren. Ganz zweifellos war das Gemüt des Kindes krank. Während es uns die Bilder zeigte, steigerte es sich in eine wahnsinnige Erregung hinein, es lachte und zitterte und fuchtelte mit den Armen herum.
»Mama«, gellte es. »Jetzt mal ich ihnen das, wo du gesagt hast, das dürfe ich nie malen – jetzt mach ich's.«
Die Frau stürzte hinter dem Tisch hervor und schlug das Kind mit der flachen Hand auf den Kopf.
»Ich hau dich auf den nackten Hintern, wenn du das noch einmal sagst!« brüllte sie.
Jo war zu betrunken, um etwas zu merken, aber Jim packte sie am Arm. Die Kleine gab keinen Mucks von sich. Gleichsam willenlos ließ sie sich

zum Fenster treiben und begann, die Fliegen von dem Fliegenpapier abzulesen.
Wir kehrten an den Tisch zurück – Jim und ich saßen jetzt auf der einen Seite, die Frau und Jo Schulter an Schulter auf der anderen. Wir lauschten dem Donner und redeten geistlos daher: »Das war ganz in der Nähe.« – »Da, schon wieder.« Und Jo, bei einem gewaltigen Schlag: »Jetzt geht's aber los!« – »Immer sachte mit die jungen Pferde.« Dann fiel der Regen auf das Blechdach mit einem Lärm wie Kanonendonner.
»Ihr haut euch die Nacht wohl besser hier aufs Ohr«, sagte die Frau.
»Ganz recht«, sekundierte Jo, offensichtlich wußte er über dieses Manöver Bescheid.
»Bringen Sie Ihre Sachen aus dem Zelt her. Sie beide können sich im Laden zusammen mit der Kleinen hinhaun – sie ist's gewöhnt, da drin zu schlafen, und ihr stört sie nich.«
»Oh, Mama, ich hab noch nie da geschlafen«, fiel die Kleine ein.
»Erzähl keine Märchen! Und Mr. Jo kann das Zimmer hier haben.«
Diese Einteilung erschien äußerst lachhaft, aber jeder Versuch, sie davon abzubringen, wäre sinnlos gewesen, dazu waren sie schon zu weit gediehen. Während die Frau den Schlachtplan darlegte, saß

Jo ungewöhnlich ernst und rot da, er hatte Glupschaugen und zwirbelte seinen Schnauzbart.
»Geben Sie uns eine Laterne«, bat Jim, »ich gehe hinunter auf die Koppel.« Wir gingen beide zusammen. Der Regen peitschte uns ins Gesicht, ringsum war alles hell erleuchtet, als ob im Busch ein Feuer wütete. Wir führten uns auf wie zwei Kinder, die mitten auf ein Abenteuer losgelassen waren, lachten, schrien uns an. Als wir wieder ins Haus kamen, war für die Kleine schon auf dem Ladentisch in der Ecke ein Lager bereitet worden. Die Frau brachte uns eine Lampe. Jo ließ sich von Jim sein Bündel geben, dann wurde die Tür zugemacht.
»Gute Nacht allerseits?«, rief Jo.
Jim und ich saßen auf zwei Kartoffelsäcken. Um nichts in der Welt hätten wir mit Lachen aufhören können. Von der Decke baumelten Zwiebelschnüre und halbe Schinkenseiten herab – wohin wir auch sahen, wurde für ›Campingkaffee‹ und Büchsenfleisch geworben. Wir zeigten darauf, versuchten, die Werbesprüche laut zu lesen – von Lachen und Schluckauf überwältigt. Die Kleine auf dem Ladentisch starrte uns an. Sie schleuderte die Decke von sich und kletterte auf den Fußboden, wo sie nun in ihrem grauen Flanellnachthemd dastand und ein Bein am anderen rieb. Wir beachteten sie nicht.

»Worüber lacht ihr?« fragte sie verlegen.
»Über dich!« rief Jim. »Über dich, mein Goldstück!«
Sie geriet in Zorn und schlug auf sich selber ein.
»Ich will aber nicht ausgelacht werden, ihr verd... ihr.« Jim stürzte sich auf die Kleine und schwang sie auf den Ladentisch.
»Leg dich schlafen, du Klugscheißer – oder mal ein Bild, da hast du 'nen Bleistift, du kannst Mamas Rechnungsblock nehmen.«
Durch den Regen hörten wir nebenan die Dielen unter Jos Schritten knarren – eine Tür ging auf – dann wieder zu.
»Es ist die Einsamkeit«, flüsterte Jim.
»Hundertfünfundzwanzig verschiedene Arten – o weia, mein armer Bruder!«
Die Kleine riß eine Seite aus dem Block und warf sie mir zu.
»Da habt ihr's«, rief sie. »Jetzt hab ich's gemacht, um Mama zu ärgern, weil sie mich hier mit euch eingesperrt hat. Ich hab das gemalt, was sie mir ein für allemal verboten hat. Ich hab das gemalt, wo sie mir gesagt hat, sie würde mich erschießen, wenn ich's machen würde. Mir egal! Is doch mir egal!«
Die Kleine hatte die Frau gemalt, wie sie mit einem Gewehr, das man zum Krähenschießen nimmt, auf

einen Mann schießt und dann ein Loch buddelt, um ihn zu vergraben.
Das Kind sprang vom Ladentisch herab und wand sich verlegen, an den Nägeln kauend, auf dem Fußboden.
Jim und ich saßen, bis es dämmerte, mit der Zeichnung neben uns da. Der Regen ließ nach, die Kleine schlief ein, sie atmete laut. Wir standen auf, schlichen uns hinaus und auf die Koppel. Über einen rosaroten Himmel trieben weiße Wolken – ein kühler Wind wehte; die Luft roch nach nassem Gras. Gerade als wir uns in den Sattel schwangen, trat Jo aus dem Haus heraus. Er bedeutete uns vorauszureiten.
»Ich hol euch später wieder ein!« rief er.
Eine Biegung in der Landstraße, und alles war verschwunden.

Etwas Kindisches, aber sehr Natürliches

Ob er vergessen hatte, was für ein Gefühl es war, oder ob sein Kopf seit dem vorigen Sommer wirklich größer geworden war, wußte Henry nicht zu entscheiden. Aber der Strohhut tat ihm weh; er drückte an der Stirn und löste in den zwei Knochen dicht über den Schläfen einen dumpfen Schmerz aus. So suchte er sich denn einen Eckplatz in einem Raucherabteil dritter Klasse, nahm den Hut ab und legte ihn zusammen mit der großen Aktentasche aus schwarzer Pappe und den Handschuhen, die er von Tante B. zu Weihnachten bekommen hatte, ins Gepäcknetz. Im Abteil roch es fürchterlich nach nassem Gummi und Ruß. Da der Zug erst in zehn Minuten fuhr, beschloß Henry, noch einen Blick auf den Bücherkiosk zu werfen. Durch das Glasdach des Bahnhofs fiel das Sonnenlicht in langen Strahlen von Blau und Gold; ein kleiner Junge lief hin und her, er trug einen Korb mit Primeln. Die Leute hatten etwas an sich – ganz besonders die Frauen –, etwas von Müßiggang und doch auch von Eifer. Der hinreißendste Tag des Jahres, der erste wirkliche Frühlingstag hatte sogar für Londoner Augen seine warme köstliche Schönheit entfaltet. Jeder Farbe hatte er ein Glitzern beigemischt und jeder Stimme einen neuen Ton, und die Großstädter gingen daher, als wären ihre Körper unter den Kleidern quicklebendig, und die Herzen, die das steife Blut hindurchpumpten, wären es auch. Henry war ein großer Bücherfreund. Zwar las er weder viel noch besaß er mehr als ein halbes Dutzend. In der Mittagspause schaute er sich in der Charing Cross Road alle Auslagen an und zu allen erdenklichen Zeiten in London. Die Menge derer, denen er einen Gruß zunickte, war erstaunlich. Nach der peniblen, korrekten Art, wie er mit ihnen umging, und seinen wohlgesetzten Worten, wenn er mit dem einen oder andern Buchhändler darüber sprach, hätte man geglaubt, daß er seinen Brei nur gegessen hätte, wenn an der Brust der Kinderfrau ein Buch lehnte. Aber das wäre ein gewaltiger Irrtum gewesen. Es war einfach Henrys Art bei allem, was er anfaßte oder sagte. An diesem Nachmittag hatte es ihm eine Anthologie englischer Gedichte angetan, und er blätterte darin, bis ihm eine Überschrift auffiel – ›Etwas Kindisches, aber sehr Natürliches‹!

Wenn ich ein Vöglein wär
und auch zwei Flüglein hätt,
flög ich zu dir;

weil's aber nicht kann sein,
  bleib ich allhier.

Bin ich gleich weit von dir,
bin ich doch im Schlaf bei dir
  und red mit dir.
Wenn ich erwachen tu,
  bin ich allein.

Es vergeht keine Stund in der Nacht,
da nicht mein Herz erwacht
  und an dich gedenkt,
daß du mir viel tausendmal
  dein Herz geschenkt.

Er konnte nicht genug kriegen von dem kleinen Gedicht. Es waren nicht so sehr die Worte als vielmehr die ganze Stimmung, die ihn bezauberte. Er hätte es selbst geschrieben haben können, frühmorgens zeitig, wenn er im Bett lag und der Sonne zusah, wie sie an der Decke tanzte. ›Es ist genauso still‹, dachte Henry. ›Er hat es bestimmt geschrieben, als er eine Weile halbwach war, hat es doch das Lächeln eines Traumes an sich.‹ Er starrte auf das Gedicht, sah dann woandershin und wiederholte es auswendig. Im dritten Vers fehlte ihm ein Wort, immer wieder warf er einen Blick darauf, bis Rufe und Schlurfen

in sein Bewußtsein drangen und er hochblickte, um zu sehen, wie sich der Zug langsam in Bewegung setzte.
»Himmelherrgott!« Henry stürzte los. Ein Mann mit einer Flagge und einer Pfeife hatte die Hand auf einer Türklinke. Er packte Henry irgendwie... Henry war drin, die Tür zu, aber er befand sich in einem Abteil, das kein ›Raucher‹ war, das nicht die leiseste Spur von seinem Strohhut oder der schwarzen Mappe oder Tante B.s Weihnachtshandschuhen aufwies. Statt dessen saß in der Ecke gegenüber, dicht an der Wand, ein Mädchen. Henry wagte nicht sie anzusehen, aber er war sich sicher, daß sie ihn anschaute. ›Sie muß ja denken, ich wär verrückt‹, dachte er, ›in einen Zug so hereinzustürzen, dazu ohne Hut und auch noch am Abend.‹ Er kam sich komisch vor. Er wußte nicht, wie er sitzen oder sich anlehnen sollte. Er steckte die Hände in die Taschen und bemühte sich, ganz gleichgültig zu erscheinen und mißbilligend eine große Fotografie von Bolton Abbey zu betrachten. Aber als er ihre Augen auf sich gerichtet fühlte, warf er einen winzigen Blick auf sie. Schnell sah sie weg aus dem Fenster, und da ließ Henry, auf die geringste Bewegung von ihr achtend, seinen Blick auf ihr verweilen. Sie saß ganz in die Fensterecke gedrückt da, von einer Woge langen Haars in der Farbe der Ringelblumen

halb verborgen. Ihre kleine Hand in grauem Baumwollhandschuh hielt eine Ledermappe mit den Initialen E. M. auf dem Schoß. Die andere Hand hatte sie durch den Fenstergurt gesteckt, und an ihrem Handgelenk bemerkte Henry einen silbernen Armreif, daran hingen eine Schweizer Kuhglocke und ein silberner Schuh und ein Fisch. Sie trug einen grünen Mantel und einen Hut mit einem Kranz ringsherum. All das sah Henry, während ihm der Titel des neuen Gedichts nicht aus dem Sinn ging – ›Etwas Kindisches, aber sehr Natürliches‹. ›Sicher geht sie in London in irgendeine Schule‹, dachte Henry. ›Vielleicht arbeitet sie auch in einem Büro. Ach nein, sie ist zu jung. Außerdem würde sie dann das Haar hochstecken, wenn's so wäre. Es fällt ihr ja nicht mal auf den Rücken.‹ Er konnte seine Augen einfach nicht von dem wunderschönen welligen Haar abwenden. ›Meine Augen sind wie zwei trunkene Bienen ...‹ ›Hm, hab ich das eigentlich gelesen oder stammt das von mir?‹

In diesem Augenblick wandte sich das Mädchen um, und als sie seinen Blick auffing, wurde sie rot. Sie senkte den Kopf, um die Röte zu verbergen, die ihr in die Wangen stieg, und Henry, schrecklich verlegen, wurde auch rot. ›Ich muß etwas sagen – muß – muß einfach!‹ Und schon wollte er die Hand heben, um den Hut zu ziehen, der nicht

da war. Er fand das lustig; es gab ihm Selbstvertrauen.
»Entschuldigen Sie bitte vielmals«, sagte er mit einem Lächeln auf den Hut des Mädchens. »Aber ich kann doch nicht in demselben Abteil mit Ihnen sitzen bleiben, ohne Ihnen zu erklären, warum ich hier so hereingestürzt bin, noch dazu ohne Hut. Ich hab Sie sicher erschreckt, und jetzt eben habe ich Sie auch noch angestarrt – aber das ist nur so ein fürchterlicher Fehler von mir; ich starre die Leute immer so fürchterlich an! Wenn ich Ihnen erklären soll – wie ich hier hereingekommen bin, natürlich nicht das Anstarren«, er lachte leicht, »dann tue ich's.«
Einen Augenblick lang sagte sie nichts, und dann mit leiser, scheuer Stimme: »Das macht doch nichts.«
Der Zug hatte die Dächer und Schornsteine hinter sich gelassen. Sie schaukelten jetzt durchs offene Land, vorbei an kleinen dunklen Wäldchen, verblassenden Feldern und Wassertümpeln, die unter einem aprikosenfarbenen Abendhimmel schimmerten. Henrys Herz begann im Takt des ratternden Zuges zu schlagen und zu hämmern. Er konnte es nicht dabei belassen. Sie saß da so still, in ihr herabfallendes Haar versteckt. Es erschien ihm dringend geboten, daß sie aufschaute und ihn ver-

stünde – ihn wenigstens verstünde! Er beugte sich vor und umklammerte mit den Händen die Knie.

»Sehen Sie, ich hatte gerade all meine Sachen – eine Aktenmappe – in ein Raucherabteil dritter Klasse getan und sah mir die Bücher am Kiosk an«, erklärte er.

Als er seine Geschichte erzählte, hob sie den Kopf. Im Schatten des Hutes sah er ihre Augen und die Augenbrauen, zwei goldenen Federn gleich. Ihr Mund war leicht geöffnet. Beinahe ohne daß er sich dessen bewußt war, schien er den Umstand in sich aufzunehmen, daß sie ein Primelsträußchen trug und daß ihr Hals weiß war – wunderbar fein und köstlich hoben sich die Linien ihres Gesichts von all dem flammenden Haar ab. ›Wie schön sie ist! Wie wunder-wunderschön sie ist!‹ sang Henrys Herz, und es schwoll an bei den Worten, wurde immer größer und zitterte wie eine prächtige Seifenblase, so daß er kaum zu atmen wagte aus Angst, sie könnte zerplatzen.

»In der Aktenmappe war doch hoffentlich nichts Wertvolles«, sagte sie sehr ernsthaft.

»Ach, nur ein paar alberne Zeichnungen, die ich vom Büro mitgenommen habe«, antwortete Henry leichthin. »Und – ich bin direkt froh, daß ich meinen Hut verloren habe. Er hatte mich schon den ganzen Tag gedrückt.«

»Ja«, sagte sie, »man sieht's, da ist eine Druckstelle«, und sie lächelte beinahe.
Warum um alles in der Welt sollte sich Henry durch diese Worte plötzlich so frei und so glücklich und so wahnsinnig aufgeregt fühlen? Was ging da zwischen ihnen vor? Keiner sagte etwas, aber für Henry war das Schweigen warm und lebendig. Von Kopf bis Fuß hüllte es ihn in eine zitternde Woge ein. Ihre wunderbaren Worte: ›Man sieht's, da ist eine Druckstelle‹, hatten auf geheimnisvolle Weise ein Band zwischen ihnen geknüpft. Sie konnten einander gar nicht völlig fremd sein, wenn sie so einfach und natürlich redete. Und jetzt lächelte sie wirklich. Das Lächeln tanzte in den Augen, kroch ihr übers Gesicht bis zum Mund, und dort blieb es.
Er lehnte sich zurück. Die Worte entfuhren ihm förmlich: »Ist das Leben nicht herrlich!«
In diesem Augenblick brauste der Zug in einen Tunnel hinein. Er hörte, wie sich ihre Stimme gegen den Lärm erhob. Sie beugte sich vor.
»Das finde ich nicht. Aber schließlich bin ich jetzt schon lange Fatalist« – eine Pause – »schon Monate.«
Sie ratterten durch die Dunkelheit dahin.
»Warum?« rief Henry.
»Oh ...«
Dann zuckte sie die Schultern, lächelte und schüt-

telte den Kopf, was soviel heißen sollte, daß sie nicht gegen den Lärm ankäme. Er nickte und lehnte sich zurück. Sie kamen heraus aus dem Tunnel in ein Gefunkel von Lichtern und Häusern. Er wartete auf ihre Erklärung. Aber sie stand auf, knöpfte den Mantel zu und hob, leicht schwankend, die Hände an den Hut. »Ich steig hier aus«, sagte sie. Das kam Henry schlechterdings unmöglich vor.

Der Zug verlangsamte die Fahrt, und die Lichter draußen wurden heller. Sie trat hinüber auf seine Seite des Abteils.

»Hören Sie!« stammelte er. »Werde ich Sie nun nicht wiedersehen?« Er stand ebenfalls auf und hielt sich mit einer Hand am Gepäcknetz fest. »Ich *muß* Sie wiedersehen.« Gleich würde der Zug halten.

Atemlos sagte sie: »Ich fahre jeden Abend von London hierher.«

»Oh, oh – ja – wirklich?« Sein Eifer erschreckte sie. Rasch unterdrückte er ihn. ›Mit Händedruck oder ohne?‹ raste es ihm durch den Sinn. Eine Hand umfaßte den Türgriff, die andere hielt die kleine Tasche. Der Zug hielt. Ohne ein weiteres Wort oder noch einen Blick war sie gegangen.

Dann kam der Sonnabend – ein halber Tag im Büro –, und dann trennte ihn noch der Sonntag vom

Montag. Montagabend war Henry ganz erschöpft. Viel zu zeitig war er auf dem Bahnhof, und ihm auf den Fersen gewissermaßen eine Meute dummer Gedanken, die ihn auf und ab hetzten. ›Sie hat nicht gesagt, daß sie mit diesem Zug käme!‹ – ›Und angenommen, ich steige ein, und sie will nichts von mir wissen.‹ – ›Vielleicht ist sie nicht allein.‹ – ›Wieso bildest du dir ein, daß sie überhaupt wieder an dich gedacht hat?‹ – ›Und was sagst du ihr, wenn du sie siehst?‹ Er betete sogar: ›Lieber Gott, so es Dein Wille ist, laß uns einander wiedersehn.‹

Aber nichts half. Weißer Rauch trieb über das Bahnhofsdach – löste sich auf und kehrte in kranzförmigen Wogen wieder. Und als er ihn beobachtete, so fein und ruhig, wie er mit solch geheimnisvoller Anmut über der schlurfenden Menge dahinzog, wurde er mit einem Mal ruhig. Er fühlte sich sehr müde – nur sich hinsetzen und die Augen schließen – weiter wollte er nichts. Sie kam nicht – verzweifelte Erleichterung durchatmete die Worte. Und dann sah er sie, gar nicht weit weg, wie sie, dieselbe kleine Ledermappe in der Hand, auf den Zug zuging. Henry wartete. Irgendwie wußte er, daß sie ihn gesehen hatte, aber er rührte sich nicht, bis sie auf ihn zutrat und mit ihrer leisen, scheuen Stimme sagte:

»Haben Sie Ihre Sachen wiederbekommen?«
»O ja, danke, ich hab sie wiederbekommen«, und mit einer komischen halben Geste wies er auf die Aktentasche und die Handschuhe. Nebeneinander gingen sie zum Zug und stiegen in ein leeres Abteil ein. Sie setzten sich einander gegenüber, lächelten scheu, sprachen aber kein Wort, als sich der Zug langsam in Bewegung setzte, langsam an Geschwindigkeit und Stetigkeit gewann. Henry sprach zuerst.
»Es ist zu dumm«, sagte er, »ich weiß nicht einmal Ihren Namen.« Sie strich eine lange Haarsträhne zurück, die ihr über die Schulter gefallen war, und er sah, wie ihre Hand in dem grauen Handschuh zitterte. Dann bemerkte er, daß sie sehr steif, die Knie zusammengepreßt, dasaß – genauso er –, beide mühten sich, nicht so zu zittern. Sie sagte: »Ich heiße Edna.«
»Und ich Henry.«
In der darauffolgenden Pause ergriff jeder vom Namen des anderen Besitz, wälzte ihn um und um und verstaute ihn. Danach war ihnen schon etwas weniger beklommen zumute.
»Ich möchte Sie jetzt noch etwas fragen«, sagte Henry. Mit leicht seitwärts geneigtem Kopf blickte er Edna an. »Wie alt sind Sie?«
»Über sechzehn«, sagte sie, »und Sie?«

»Ich bin fast achtzehn ...«
»Ist es nicht schrecklich heiß?« fragte sie plötzlich und streifte die grauen Handschuhe ab, hob die Hände zum Gesicht und ließ sie dort. In ihren Augen lag keine Angst – sie sahen einander mit einer Art verzweifelter Ruhe an. Wenn sie nur am Körper nicht so albern zittern würden! Immer noch halb unter ihrem Haar verborgen, fragte Edna:
»Sind Sie schon mal verliebt gewesen?«
»Nein, nie! Sie?«
»Oh, nie, solang ich lebe.« Sie schüttelte den Kopf. »Ich hab das auch nie für möglich gehalten.«
Die nächsten Worte sprudelten nur so aus ihm heraus: »Was in aller Welt haben Sie denn seit Freitagabend gemacht? Was haben Sie denn den ganzen Sonnabend und Sonntag und heute gemacht?«
Doch sie antwortete nicht – sie schüttelte nur den Kopf, lächelte und sagte: »Nein, das will ich von *Ihnen* hören.«
»Von mir?« rief Henry – und dann fand er, er könne es ihr auch nicht sagen. Er konnte nicht wieder jenes Gebirge von Tagen erklimmen, und so mußte auch er den Kopf schütteln.
»Aber es war eine Qual«, sagte er mit strahlendem Lächeln – »einfach eine Qual.« Bei diesen Worten ließ sie die Hände sinken und begann zu lachen,

und Henry fiel ein. Sie lachten, bis sie nicht mehr konnten.
»Es ist so – so sagenhaft«, warf sie hin. »So plötzlich, wissen Sie, und mir ist, als ob ich Sie schon jahrelang kenne.«
»Genauso geht's mir auch«, sagte Henry. »Ich glaube, das muß der Frühling sein. Ich glaube, ich hab einen Schmetterling verschluckt – und er flattert nun genau hier herum.« Er legte die Hand auf sein Herz.
»Und was wirklich sagenhaft ist«, fuhr sie fort, »ist, daß ich mich entschlossen hatte, mir absolut nichts aus – Männern zu machen. Ich meine, all die Mädchen im College –«
»Waren Sie auf dem College?«
Sie nickte. »Auf einer Berufsschule, ich hab Sekretärin gelernt.« Das klang verächtlich.
»Ich arbeite in einem Büro«, sagte Henry. »Einem Architektenbüro – so ein komisches kleines Büro, einhundertdreißig Stufen hoch. Wir sollten statt Häuser Nester bauen, denk ich mir immer.«
»Gefällt es Ihnen da?«
»Nein, natürlich nicht. Ich möchte gar nicht arbeiten, Sie?«
»Nein, ich hasse es... Und«, fügte sie hinzu, »meine Mutter ist Ungarin – ich glaube, das macht mir die ganze Arbeiterei noch verhaßter.«

Das kam Henry ganz natürlich vor. »Freilich«, sagte er.
»Ich bin genau wie meine Mutter. Mit meinem Vater habe ich nichts gemein; er ist nur ... ein kleiner Geschäftsmann – aber Mutter hat wildes Blut in sich, und das habe ich geerbt. Sie haßt unser Leben genausosehr wie ich.« Sie hielt inne und runzelte die Stirn. »Trotzdem verstehen wir uns kein bißchen – komisch, nicht wahr? Aber zu Hause bin ich vollkommen allein.«
Henry hörte zu – in gewisser Weise hörte er zu, aber da war noch etwas, was er sie fragen wollte. Schüchtern bat er: »Würden Sie – würden Sie mal Ihren Hut abnehmen?«
Sie sah verdutzt aus. »Meinen Hut abnehmen?«
»Ja – wegen Ihrer Haare. Ich würde sonst was dafür geben, um Ihr Haar mal richtig sehen zu können.«
Sie protestierte. »Es ist wirklich nicht ...«
»Aber ja doch«, rief Henry, und dann, als sie den Hut abnahm und das Haar ein wenig schüttelte: »O Edna! Das ist das Schönste auf der Welt.«
»Gefällt es Ihnen?« fragte sie, zufrieden lächelnd. Wie ein Cape aus lauter Gold legte sie es sich um die Schultern. »Meistens lachen die Leute darüber. Es hat so eine abwegige Farbe.« Das wollte Henry nun wirklich nicht glauben. Sie stützte die Ellbogen

auf die Knie und umschloß mit den Händen das Kinn. »So sitze ich oft da, wenn ich mich ärgere, und dann hab ich das Gefühl, als ob es mich verbrennt ... Blöd, was?«

»Nein, nein, kein bißchen«, sagte Henry. »Ich wußte, daß Sie das tun. Es ist für Sie so was wie eine Waffe gegen all die faden, schrecklichen Dinge.«

»Woher haben Sie denn das gewußt? Ja, genau. Aber woher haben Sie das gewußt?«

»Ich wußte es eben«, lächelte Henry. »Mein Gott!« rief er, »wie blöd die Leute doch sind! Alle die kleinen Papageien, die Sie kennen und die ich kenne. Sehen Sie sich doch nur uns beide an! Da sind wir – mehr gibt's nicht zu sagen. Ich weiß um Sie und Sie wissen um mich – soeben haben wir uns gefunden – ganz einfach – auf die allernatürlichste Art und Weise. Etwas anderes ist das Leben nicht – etwas Kindisches und sehr Natürliches. Nicht wahr?«

»Ja – ja«, pflichtete sie eifrig bei. »Das habe ich auch immer gedacht.«

»Es sind die Leute, die alles so – albern machen. Solange man mit ihnen nichts zu tun hat, ist man sicher und glücklich.«

»Ach ja, das finde ich schon lange.«

»Dann sind Sie genau wie ich«, sagte Henry. Dieses Wunder war so groß, daß er am liebsten geweint hätte. Statt dessen, sagte er sehr ernst: »Ich glaube, so wie wir denkt außer uns keiner. Ja, dessen bin ich mir sicher. Niemand versteht mich. Ich komme mir vor, als lebte ich in einer Welt fremdartiger Wesen – Sie nicht auch?«

»Immer.«

»Gleich sind wir wieder in diesem vermaledeiten Tunnel«, sagte Henry. »Edna! Kann ich Ihr Haar – nur mal anfassen?«

Rasch zog sie sich zurück. »O nein, bitte nicht«, und als sie in die Dunkelheit hineinfuhren, rückte sie ein wenig von ihm ab.

›Edna! Ich habe die Karten gekauft. Der Mann an der Konzertkasse schien überhaupt nicht erstaunt zu sein, daß ich das Geld hatte. Wir treffen uns um drei vorm Eingang zur Galerie. Und zieh die cremefarbene Bluse an und trag die Korallen – ja? Ich liebe Dich. Ich schicke diese Briefe nicht gern ins Geschäft. Ich habe immer das Gefühl, daß die Leute, bei denen ›Eingegangene Briefe‹ am Schalter steht, im Hinterzimmer einen Kessel haben, dessen Dampf auch den Umschlag von der Güte eines Elefantenohrs öffnen würde. Aber das ist ja ganz egal, nicht wahr, mein Liebling? Kannst Du Dich am Sonntag fortstehlen? Tu so, als ob Du den Tag mit einem der Mädchen aus dem Büro verbringen wolltest; und wir treffen uns dann an einem kleinen

Plätzchen und gehen spazieren oder suchen uns eine Wiese, wo wir den Gänseblümchen zusehen können, wie sie aufblühen. Edna, ich liebe Dich so! Aber Sonntage ohne Dich sind einfach unmöglich. Laß Dich nur ja nicht überfahren bis Sonnabend und iß nichts aus einer Büchse oder trink auf keinen Fall aus einem öffentlichen Brunnen. Das wär's, mein Liebling.‹

›Liebster, ja, ich werde am Sonnabend dasein – und wegen Sonntag habe ich auch alles klargemacht. Das ist wirklich ein Segen. Ich bin zu Hause ziemlich ungebunden. Gerade bin ich aus dem Garten hereingekommen. Der Abend ist so wundervoll. Ach, Henry, ich könnte mich hinsetzen und weinen, so lieb ich Dich heute abend. Albern, nicht wahr? Entweder bin ich so glücklich, daß ich kaum aus dem Lachen herauskomme, oder dann wieder so traurig, daß ich mir die Augen ausweinen könnte, und beides aus demselben Grund. Daß wir einander gefunden haben, wo wir doch noch so jung sind! Ich schicke Dir ein Veilchen. Es ist ganz warm. Ich wünschte, Du wärest jetzt hier, und wenn's nur für eine Minute wäre. Gute Nacht, mein Liebling, Edna.‹

»Sicher«, sagte Edna, »sicher! Und ausgezeichnete Plätze, ja, Henry?«

Sie stand auf, um sich den Mantel auszuziehen, und Henry schickte sich an, ihr dabei zu helfen. »Nein – nein – ist schon geschehn.« Sie klemmte ihn unter den Sitz. Sie setzte sich neben ihn. »Oh, Henry, was hast du denn da? Blumen?«

»Nur zwei winzig kleine Rosen.« Er legte sie ihr in den Schoß.

»Hast du auch meinen Brief bekommen, wie es sich gehört?« fragte Edna, als sie die Nadeln aus dem Papier zog.

»Ja«, antwortete er, »und das Veilchen gedeiht wunderbar. Du solltest mein Zimmer sehen. In jede Ecke hab ich ein Stückchen davon gepflanzt und eins auf ein Kopfkissen und eins in die Tasche meines Schlafanzugs.«

Sie wedelte ihr Haar in seine Richtung. »Henry, gib mir das Programm.«

»Hier hast du's – du kannst es zusammen mit mir lesen. Ich halte es für dich.«

»Nein, gib mir's.«

»Also, dann werde ich's dir vorlesen.«

»Nein, du kannst es dann haben.«

»Edna«, flüsterte er.

»Ach nein, bitte nicht«, flehte sie. »Nicht hier – die Leute.«

Warum wollte er sie nur so schrecklich gern berühren, und warum mochte sie das nicht? Immer, wenn sie beisammen waren, wollte er ihre Hand halten oder ihren Arm nehmen, wenn sie zusammen spazierengingen, oder sich an sie schmiegen – nicht sehr – nur so ganz leicht, daß seine Schulter ihre berührte – und nicht einmal das ließ sie zu. Die ganze Zeit, die er nicht bei ihr war, hungerte er, ja lechzte er nach ihrer Nähe. Von Edna schienen Trost und Wärme auszugehen, und das brauchte er, um ruhig zu bleiben. Ja, das war's. Er konnte bei ihr keine Ruhe finden, weil sie nicht zuließ, daß er sie berührte. Aber sie liebte ihn. Das wußte er. Warum hatte sie sich nur so komisch deswegen? Jedesmal, wenn er es versuchte, ja sogar, wenn er um ihre Hand bat, schreckte sie zurück und sah ihn mit flehenden, ängstlichen Augen an, als ob er ihr weh tun wolle. Sie konnten einander alles sagen. Und es gab überhaupt keine Frage, daß sie zueinander gehörten. Und doch konnte er sie nicht berühren. Ja, er durfte ihr nicht einmal aus dem Mantel helfen. Ihre Stimme drang in seine Gedanken.

»Henry!« Er beugte sich zu ihr, um zuzuhören, spitzte die Lippen. »Ich möchte dir etwas erklären. Ich – ich – ich verspreche – dir – nach dem Konzert.«

»Schön.« Er war noch immer gekränkt.

»Du bist doch nicht etwa traurig?« fragte sie.

Er schüttelte den Kopf.

»Doch, Henry, du bist traurig.«
»Nein, wirklich nicht.« Er blickte auf die Rosen, die in ihrem Schoß lagen.
»Also, bist du glücklich?«
»Ja. Da kommt das Orchester.«
Es dämmerte, als sie aus dem Saal kamen. Ein blaues Lichternetz hing über Straßen und Häusern, und rosarote Wolken trieben an einem fahlen Himmel dahin. Als sie von der Konzerthalle weggingen, war es Henry, als wären sie sehr klein und allein. Zum ersten Mal, seit er Edna kannte, war ihm das Herz schwer.
»Henry!« Plötzlich blieb sie stehen und starrte ihn an. »Henry, ich komm nicht mit dir zum Bahnhof. Warte – warte – nicht auf mich. Bitte, bitte, laß mich!«
»Du großer Gott!« rief Henry erschrocken, »was ist denn los, Edna, mein Liebes, – Edna, was hab ich denn getan?«
»Ach, nichts – laß mich«, und sie machte kehrt, lief quer über die Straße auf einen umfriedeten Platz und lehnte sich an das Geländer – sie verbarg das Gesicht in den Händen.
»Edna – Edna – mein Liebes, du weinst ja. Edna, mein kleines Mädchen!«
Sie stützte die Arme auf das Geländer und schluchzte fassungslos.

»Edna – hör auf – das ist alles meine Schuld. Ich bin ein Trottel – ich bin ein riesengroßer Idiot. Ich hab dir den Nachmittag verdorben. Ich hab dich mit meiner idiotischen, blöden, verdammten Tolpatschigkeit gequält. Ja, nicht wahr, Edna? Um Gottes willen!«

»Ach«, schluchzte sie. »Ich hasse es, dir so weh zu tun. Jedesmal, wenn du mich bittest, meine – meine Hand halten zu dürfen – oder mich zu küssen, könnte ich mich umbringen dafür, daß ich's nicht tue – daß ich dich nicht lasse. Ich weiß ja nicht einmal, warum ich so bin.« Ungestüm fuhr sie fort: »Nicht, daß ich vor dir Angst hätte – nein, das ist es nicht – es ist nur so ein Gefühl, Henry, ich kann's ja selbst nicht mal verstehen. Gib mir dein Taschentuch, Liebster.« Er zerrte es aus seiner Tasche. »Das ganze Konzert über hat mich das nicht losgelassen, und jedesmal, wenn wir uns treffen, weiß ich, daß es dazu kommen muß. Irgendwie hab ich das Gefühl, daß dann, wenn wir's einmal täten – du weißt schon – einander bei der Hand hielten und küßten, daß dann alles anders wäre –, und ich glaube, wir wären dann nicht mehr so frei wie jetzt – wir würden etwas Heimliches tun. Wir wären keine Kinder mehr ... albern, nicht? Ich wäre dir gegenüber befangen, Henry, und verlegen, und ich glaube ganz fest, daß, gerade weil du und ich du und ich sind, wir so was nicht brauchen.« Sie wandte sich um und sah ihn an, dabei drückte sie die Hände ans Gesicht auf die Art, die er so gut kannte, und hinter ihr sah er wie in einem Traum den Himmel und einen weißen Halbmond und die Bäume auf dem Platz, deren Knospen noch nicht aufgeplatzt waren. Unentwegt drehte und wendete er das Konzertprogramm in den Händen hin und her. »Henry! Du verstehst mich doch – ja?«

»Ja, ich denke schon. Aber du wirst jetzt keine Angst mehr haben, ja?« Er versuchte ein Lächeln. »Wir wollen das vergessen, Edna. Ich werde nie wieder davon anfangen. Wir werden den Popanz auf diesem Platz begraben – jetzt – du und ich – ja?«

»Aber«, sagte sie und blickte ihm forschend ins Gesicht, »wirst du mich deshalb nicht vielleicht weniger liebhaben?«

»O nein«, antwortete er. »Nichts – rein gar nichts auf der Welt brächte das fertig.«

London wurde ihr Spielplatz. Sonnabendnachmittags gingen sie auf Entdeckungsreisen. Sie fanden ihre eigenen Läden, wo sie Zigaretten und für Edna Näschereien kauften – ihre eigene Teestube mit ihrem eigenen Tisch – ihre eigenen Straßen – und ei-

nes Abends, als Edna angeblich zu einem Vortrag im Polytechnikum war, entdeckten sie ihr eigenes Dorf. Der Name hatte sie angelockt. »In diesem Namen sind weiße Gänse«, sinnierte Henry, als er ihn Edna sagte. »Und ein Fluß und niedrige Häuschen, vor denen alte Männer sitzen – alte Seekapitäne mit Holzbeinen, die ihre Uhren aufziehen, und da gibt es kleine Läden mit Lampen in den Fenstern.«
Es war zu spät, als daß sie die Gänse oder die alten Männer hätten sehen können, aber es gab den Fluß und die Häuschen und sogar die Läden mit Lampen. In einem saß eine Frau und nähte an einer Nähmaschine, die auf dem Ladentisch stand. Sie hörten das schwirrende Surren, und sie sahen ihren mächtigen Schatten, der den Laden füllte. »Zu voll sogar für einen einzigen Kunden«, fand Henry. »Ein idealer Ort.«
Die Häuser waren klein, Efeu und andere Kletterpflanzen rankten an ihnen empor. Bei einigen führten ausgetretene Holztreppen zur Holztür hinauf. Bei anderen mußte man ein kleines Treppchen hinabgehen, um einzutreten. Und gleich über der Straße – von jedem Fenster aus sichtbar – war der Fluß, mit einer Promenade am Ufer und hohen Pappeln.
»Hier müssen wir wohnen«, sagte Henry. »Da ist

auch ein Haus zu vermieten. Ob es wohl warten würde, wenn wir darum bäten? Bestimmt.«

»Ja, ich würde gern da wohnen«, sagte Edna. Sie gingen über die Straße, und sie lehnte sich an einen Baumstamm und sah mit träumerischem Lächeln zu dem leeren Haus hinauf.

»Dahinter ist ein kleiner Garten, Liebes«, sagte Henry, »eine Rasenfläche mit einem einzigen Baum darauf und ein paar Büschel Tausendschönchen rings um die Mauer. Nachts leuchten die Sterne wie winzige Kerzen in dem Baum. Und drin sind zwei Zimmer zu ebener Erde und ein großes Zimmer mit Schiebetüren oben, und darüber ist eine Bodenkammer. Acht Stufen gehen in die Küche – die sind sehr dunkel, Edna. Du fürchtest dich ziemlich davor, weißt du. ›Henry, Liebster, würdest du mir bitte die Lampe bringen? Ich möchte mich nur vergewissern daß Euphemia das Feuer ausgemacht hat, ehe wir ins Bett gehen.‹«

»Ja«, fuhr Edna fort, »unser Schlafzimmer ist ganz oben – das Zimmer da mit den beiden quadratischen Fenstern. Wenn es still ist, können wir den Fluß rauschen und ganz in der Ferne die Pappeln wispern hören, sie rauschen und wispern in unsere Träume, Lieber.«

»Du frierst doch nicht etwa?« fragte er plötzlich.

»Nein, nein, ich bin nur glücklich.«

»Das Zimmer mit der Schiebetür ist deins.« Henry lachte. »Es ist überhaupt kein Zimmer – sondern ein Sammelsurium. Es ist voll mit deinen Spielsachen, und darin steht ein großer blauer Sessel, in dem du zusammengekuschelt vor dem Feuer sitzt, wobei die Flammen in deinem Haar spielen – denn obwohl wir verheiratet sind, weigerst du dich, die Haare aufgesteckt zu tragen, und du stopfst sie nur in deinen Mantel, wenn du in die Kirche gehst. Und auf dem Fußboden ist ein Teppich, auf dem ich liegen kann, weil ich so faul bin. Euphemia – das ist unser Dienstmädchen – kommt nur tagsüber. Wenn sie weg ist, gehen wir in die Küche hinunter, setzen uns auf den Küchentisch und essen einen Apfel, oder vielleicht machen wir auch Tee, nur um den Kessel summen zu hören. Das ist kein Spaß. Wenn man einem Kessel von Anfang bis zum Ende lauscht, ist das wie ein Frühlingsmorgen.«
»Ja, ich weiß«, sagte sie. »All die verschiedenen Vogelarten.«
Ein Kätzchen schlüpfte durch den Zaun des leeren Hauses auf die Straße. Edna rief es, hockte sich hin und streckte die Hände aus. »Kitty! Kitty!« Das Kätzchen kam zu ihr gelaufen und rieb sich an ihren Knien.
»Wenn wir jetzt unsern Spaziergang machen wollen, nimmst du einfach die Katze und setzt sie hin-

ein, hinter die Tür«, sagte Henry, immer noch als ob. »Ich hab den Schlüssel.«

Sie gingen über die Straße, und Edna stand da und streichelte das Kätzchen auf ihrem Arm, während Henry die Treppen hinaufstieg und so tat, als öffnete er die Tür.

Rasch kam er wieder herunter. »Schnell weg von hier. Es verwandelt sich langsam in einen Traum.«

Die Nacht war dunkel und warm. Sie wollten noch nicht nach Hause gehen. »Ich hab das ganz sichere Gefühl«, sagte Henry, »daß wir jetzt da wohnen sollten. Wir sollten nicht noch auf irgendwas warten. Was heißt denn schon Alter? Du bist so alt, wie du je sein wirst, und ich auch. Weißt du«, fuhr er fort, »immer wieder habe ich das Gefühl, daß es gefährlich ist, auf etwas zu warten – daß, wenn man auf etwas wartet, es sich nur immer weiter von einem entfernt.«

»Aber, Henry – Geld! Wir haben doch überhaupt kein Geld!«

»Ach ja, wenn ich mich als alten Mann verkleidete, könnten wir vielleicht die Stelle als Hausmeister in einem großen Haus kriegen – das könnte ganz amüsant sein. Ich würde mir eine gar schreckliche Geschichte von dem Haus zusammenspinnen, wenn jemand käme, um es anzusehn; und du könntest dich anputzen und das Gespenst spielen und in

der verlassenen Bildergalerie stöhnen und die Hände ringen, um sie abzuschrecken. Denkst du nicht auch manchmal, daß Geld mehr oder weniger Nebensache ist – daß, wenn man etwas wirklich will, es entweder da ist oder keine Rolle spielt?«
Sie antwortete nicht darauf – sie sah zum Himmel hinauf und sagte: »Ach Gott, ich möchte nicht heimgehen.«
»Genau – das ist ja der ganze Kummer – und wir sollten auch nicht heimgehen. Wir sollten zu dem Haus zurückgehen und irgendeine Untertasse suchen, um der Katze den Rest aus dem Milchkrug zu geben. Ich lache nicht wirklich – ich bin nicht einmal glücklich. Ich hab Sehnsucht nach dir, Edna – ich gäbe alles darum, mich jetzt hinlegen und weinen zu können« ... und matt fügte er hinzu: »meinen Kopf in deinem Schoß und dein liebes Gesicht in meinem Haar.«
»Aber, Henry«, sagte sie und kam näher, »du hast doch deinen festen Glauben, oder etwa nicht? Ich meine, du glaubst doch ganz fest, absolut sicher daran, daß wir einmal so ein Haus haben werden und alles, was wir wollen – oder?«
»Das reicht nicht – nein, das reicht nicht. Ich möchte in ebendiesem Augenblick auf ebendiesen Stufen sitzen und ebendiese Schuhe ausziehen. Du nicht auch? Reicht dir nur der Glaube?«

»Wenn wir nur nicht so jung wären ...«, sagte sie traurig. »Und doch«, seufzte sie, »komme ich mir ganz bestimmt nicht sehr jung vor – ich komme mir mindestens wie zwanzig vor.«

Henry lag auf dem Rücken im Wäldchen. Wenn er sich bewegte, raschelte unter ihm das welke Laub, und über seinem Kopf zitterten die frischen Blätter, wie Springbrunnen von grünem Wasser, von Sonnenlicht durchtränkt. Irgendwo, wo er sie nicht sehen konnte, pflückte Edna Schlüsselblumen. Diesen Vormittag war er so von Träumen erfüllt gewesen, daß er mit ihrer Freude an den Blumen nicht Schritt halten konnte. »Ja, Liebes, geh du nur und komm dann wieder und hol mich. Ich bin zu faul.« Sie hatte ihren Hut von sich geworfen und sich neben ihn hingekniet, und allmählich waren ihre Stimme und Schritte verklungen. Bis auf die Blätter war es nun still im Wald, aber er wußte, daß sie nicht weit weg war, und er rückte ein Stück, so daß er mit den Fingerspitzen ihre rosarote Jacke berührte. Schon die ganze Zeit, seit er aufgewacht war, fühlte er sich so sonderbar, als wäre er gar nicht richtig wach, sondern träumte nur so vor sich hin. Die Zeit, bevor er Edna gekannt hatte, war ein Traum, und jetzt träumten sie beide zusammen, und irgendwo, an irgendeinem dunklen Ort, wartete ein anderer Traum auf ihn. ›Nein, das kann nicht wahr sein, weil ich mir die Welt ohne uns einfach nicht vorstellen kann. Ich finde, wir beide zusammen bedeuten etwas, was es einfach genauso natürlich geben muß wie Bäume und Vögel oder Wolken.‹ Er versuchte sich zu erinnern, wie es ohne Edna gewesen war, aber er konnte nicht bis zu jener Zeit zurückdenken. Sie war von Edna verborgen; Edna, mit dem Haar wie Ringelbumen und dem eigentümlichen, verträumten Lächeln erfüllte ihn bis in die kleinste Faser. Er atmete sie; er aß und trank sie. Er ging umher, und Edna umgab ihn wie ein leuchtender Reif, der die Welt von ihm fernhielt oder alles, was er anstrahlte, in seine eigene Schönheit tauchte. »Noch lange, nachdem du zu lachen aufgehört hast«, sagte er zu ihr, »kann ich dein Lachen hören, wie es durch meine Adern rinnt – und doch – sind wir ein Traum?« Und plötzlich sah er sich und Edna als zwei sehr kleine Kinder, sie liefen durch die Straßen, guckten in Fenster, kauften sich alle möglichen Sachen und spielten damit, unterhielten sich, lächelten. Sogar ihre Gesten sah er und wie sie oft, so ganz still, die Gesichter einander zugewandt, dastanden. Und dann wälzte er sich herum und preßte das Gesicht in die welken Blätter – ganz schwach vor Sehnsucht. Er wollte Edna küssen, sie in die Arme nehmen und sie an sich drücken und ihre Wangen heiß unter seinem Kuß spüren und sie küssen, bis ihm die Luft wegblieb, und so den Traum ersticken.

»Nein, ich kann mich nicht weiter so verzehren«, sagte Henry, sprang auf und lief los, in die Richtung, in der sie verschwunden war. Sie war ein hübsches Stück Wegs gegangen. Er sah sie, wie sie in einer grünen Mulde kniete, und als sie seiner ansichtig wurde, winkte sie und rief: »O Henry, wie schön sie sind! So schöne hab ich noch nie gesehen! Komm her und guck doch mal!« Mittlerweile, als er sie erreicht hatte, hätte er sich lieber die Hand abgehackt, als ihre Glückseligkeit zerstört. Wie sonderbar Edna an diesem Tag war! Die ganze Zeit, als sie mit Henry sprach, lachten ihre Augen; sie waren süß und schelmisch. Wie Erdbeeren glühten zwei kleine Farbflecke in ihrem Gesicht, und in einem fort sagte sie: »Ach, wenn ich doch müde würde! – Ich möchte durch die ganze Welt laufen, bis ich sterbe. Henry – komm nur! Lauf schneller – Henry! Wenn ich plötzlich losfliege, versprich mir, meine Füße festzuhalten, ja? Sonst komme ich nie wieder herunter.« Und sie rief: »Ach, ich bin ja so glücklich! Ich bin ja so furchtbar glücklich!«

Sie kamen an ein verwunschenes, ganz mit Heidekraut bedecktes Fleckchen. Es war früher Nach-

mittag, und die Sonne strömte nur so auf die Purpurröte herab.
»Ruhen wir uns hier ein bißchen aus«, sagte Edna, und sie watete in das Heidekraut hinein und legte sich hin. »Ach, Henry, es ist so herrlich. Ich kann nur Glöckchen und Himmel sehen, weiter nichts.«
Henry kniete sich neben ihr hin, nahm ein paar Schlüsselblumen aus dem Korb und wand ihr davon eine lange Kette, die sie um den Hals tragen sollte. »Ich könnte direkt einschlafen«, sagte Edna. Sie schob sich zu seinen Knien hin und lag, unter ihrem Haar verborgen, dicht neben ihm. »Es ist, als wäre man auf dem Meeresboden, nicht wahr, Liebster, so himmlisch und so still.«
»Ja«, entgegnete Henry mit sonderbar belegter Stimme. »Jetzt mach ich dir eine aus Veilchen.« Aber Edna setzte sich auf. »Gehen wir weiter.«
Sie kamen wieder auf die Straße und liefen ein großes Stück. »Nein«, sagte Edna, »ich könnte nicht durch die ganze Welt laufen – ich bin jetzt schon müde.« Mühsam schleppte sie sich auf dem grasbewachsenen Straßenrand dahin. »Wir sind beide müde, Henry! Wie weit ist es noch?«
»Ich weiß nicht – nicht sehr weit«, antwortete Henry und spähte in die Ferne. Dann gingen sie schweigend weiter.

»Ach«, sagte sie schließlich, »es ist wirklich zu weit, Henry. Ich bin müde, und ich habe Hunger. Trag du meinen albernen Primelkorb.« Er nahm ihn, ohne sie anzusehen.
Endlich kamen sie zu einem Dorf und einem kleinen Haus, an dem stand, daß man da Tee trinken könne.
»Hier ist es«, sagte Henry. »Ich bin oft hier gewesen. Setz dich dort auf die kleine Bank, und ich gehe den Tee bestellen.« Sie setzte sich auf die Bank in dem hübschen Garten, ganz weiß und gelb vor Frühlingsblumen. Eine Frau kam heraus, lehnte sich an die Tür und sah ihnen beim Essen zu. Henry war sehr nett zu ihr, aber Edna sagte kein Wort.
»Sie sind lange nicht hier gewesen«, sagte die Frau.
»Nein – der Garten sieht ja wunderbar aus.«
»Ganz leidlich«, sagte sie. »Ist die junge Dame Ihre Schwester?« Henry nickte bejahend und nahm sich Konfitüre.
»Sie sehen sich ähnlich.« Die Frau kam in den Garten herunter, pflückte eine weiße Narzissenblüte und gab sie Edna. »Sie wissen nicht zufällig jemanden, der ein Häuschen möchte?« fragte sie. »Meine Schwester ist krank geworden, und nun stehe ich da mit ihrem Häuschen. Ich möchte es vermieten.«
»Für längere Zeit?« fragte Henry höflich.

»Ach«, entgegnete die Frau unbestimmt, »das kommt drauf an.«
Darauf Henry: »Hm – vielleicht wüßte ich da jemanden – könnten wir's uns mal ansehen?«
»Ja, es ist nur ein Katzensprung, gleich hier in der Straße, das Häuschen mit den Apfelbäumen davor – ich hol Ihnen den Schlüssel.«
Als sie weg war, wandte sich Henry an Edna: »Kommst du mit?« Sie nickte.
Sie gingen die Straße entlang und hinein durch das Gartentor und den grasbewachsenen Weg zwischen den rosaroten und weißen Bäumen hinauf. Es war winzig – zwei Zimmer unten und zwei oben. Edna lehnte sich oben zum Fenster hinaus, und Henry war an der Tür stehengeblieben. »Gefällt es dir?« fragte er.
»Ja«, rief sie, und dann machte sie ihm am Fenster Platz. »Komm her und sieh dir das an! Es ist entzückend!«
Er kam und beugte sich aus dem Fenster. Unter ihnen schwankten die Apfelbäume in dem leichten Wind hin und her, der ihm eine lange Strähne von Ednas Haar über die Augen wehte. Sie rührten sich nicht. Es war Abend – der fahlgrüne Himmel war mit Sternen übersät. »Sieh mal – die Sterne, Henry!«
»Bald wird der Mond da sein«, sagte Henry.

Obschon es schien, als hätte sie sich nicht geregt, lehnte sie doch auf einmal an Henrys Schulter; er legte den Arm um sie. »Sind das da unten alles – Apfelbäume?« fragte sie mit zitternder Stimme.
»Nein, mein Liebes«, antwortete Henry. »Ein paar davon sind voller Engel und ein paar voller süßer Mandeln – aber das Abendlicht ist sehr, sehr trügerisch.« Sie seufzte. »Henry – wir dürfen nicht länger hier bleiben.«
Er ließ sie los, und sie richtete sich in dem dämmrigen Zimmer auf und berührte ihr Haar. »Was ist denn den ganzen Tag mit dir los gewesen?« fragte sie. Und dann wartete sie nicht auf eine Antwort, sondern lief zu ihm und schlang ihm die Arme um den Hals und drückte seinen Kopf in ihre Halsgrube. »Ach«, keuchte sie, »ich liebe dich so. Halt mich fest, Henry.« Er schlang die Arme um sie, und sie schmiegte sich an ihn und sah ihm in die Augen. »Ist das nicht schrecklich gewesen heute den ganzen Tag?« fragte Edna. »Ich wußte, woran es lag, und so gut ich konnte, habe ich versucht, dir zu verstehen zu geben, daß ich wollte, daß du mich küßt – daß ich dieses Gefühl ganz überwunden habe.«
»Du bist großartig, großartig, großartig«, sagte Henry.

»Die Sache ist die«, sagte Henry, »wie soll ich nur die Zeit bis zum Abend hinbringen?« Er zog die Uhr aus der Tasche, ging in das Häuschen und steckte sie schnell in einen Porzellankrug auf dem Kaminsims. Siebenmal hatte er in einer Stunde draufgeschaut, und jetzt konnte er sich nicht erinnern wie spät es war. Nun gut, er würde noch einmal nachsehen. Halb fünf. Ihr Zug kam um sieben. Halb sieben müßte er sich auf den Weg zum Bahnhof machen. Noch zwei Stunden warten. Abermals ging er durchs Haus – die Treppen rauf und runter. »Es sieht reizend aus«, sagte er. Er ging in den Garten und pflückte einen runden Strauß weißer Nelken und stellte sie in eine Vase auf dem Tischchen neben Ednas Bett. ›Ich kann das nicht glauben‹, dachte Henry. ›Nicht eine Minute kann ich das glauben. Es ist zuviel. In zwei Stunden wird sie hier sein, und wir werden nach Hause gehen, und dann werde ich den weißen Krug vom Küchentisch nehmen und zu Mrs. Biddie hinübergehen, um die Milch zu holen, und dann wiederkommen, und wenn ich zurückkomme, wird sie in der Küche die Lampe angezündet haben, und ich werde durchs Fenster gucken und sie im Schein des Lampenlichts hin- und hergehen sehen. Und dann gibt es Abendbrot, und nach dem Abendbrot (klarer Fall, *ich* wasch ab!) werde ich Holz aufs Feuer legen, und wir werden auf dem Kaminvorleger sitzen und zusehen, wie es brennt. Kein Laut wird zu hören sein, nur das Holz, und vielleicht wird der Wind einmal ums Haus kriechen... Und dann werden wir die Kerzen anzünden, und sie wird zuerst hinaufgehen, daneben an der Wand ihr Schatten, und sie wird ›Gute Nacht, Henry!‹ rufen. Und ich werde antworten: ›Gute Nacht, Edna!‹ Und dann werde ich hinaufstürzen und ins Bett springen und auf den winzigen Lichtstrahl achten, der aus ihrem Zimmer meine Tür streift, und in dem Augenblick, da er verschwindet, werde ich die Augen schließen und bis in die Frühe schlafen. Dann werden wir noch den ganzen morgigen Tag haben und übermorgen und übermorgen nacht. Ob sie auch an all das denkt? Edna, komm schnell!

Wenn ich ein Vöglein wär
und auch zwei Flüglein hätt,
flög ich zu dir –

Nein, nein, Liebste... Weil nämlich das Warten auch so eine Art Himmel ist, mein Schatz. Wenn du weißt, was ich meine. Hast du gewußt, daß ein Häuschen auf Zehenspitzen stehen kann? Dieses hier tut es jetzt.‹

Er war unten und saß auf der Haustürschwelle, die

Hände um die Knie geschlungen. Der Abend, als sie ihr Dorf entdeckt hatten – und Edna gefragt hatte: »Hast du denn keinen festen Glauben, Henry?« – »Damals nicht. Jetzt ja«, sagte er, »ich komme mir vor wie der liebe Gott.«

Er lehnte den Kopf an den Türbalken. Er konnte kaum die Augen offenhalten, nicht daß er müde war, aber … aus irgendeinem Grund … und es verging eine lange Zeit.

Henry dachte, er sähe einen dicken, weißen Nachtfalter die Straße langfliegen. Er setzte sich auf das Tor. Nein, es war ja gar kein Falter. Es war ein kleines Mädchen in einer Schürze. Was für ein niedliches Dingelchen, und er lächelte im Schlaf, und sie lächelte auch und bog beim Laufen die Zehen einwärts. ›Aber hier kann sie nicht wohnen‹, dachte Henry, ›weil das doch unser ist. Da kommt sie.‹

Als sie ganz dicht heran war, zog sie die Hand unter der Schürze hervor und gab ihm ein Telegramm, lächelte und ging fort. ›Ein komisches Geschenk!‹ dachte Henry und starrte darauf. ›Vielleicht ist's gar kein richtiges, und drin ist so eine Schlange, die einen anspringt.‹ Er lachte leicht im Traum, und sehr vorsichtig machte er es auf. ›Das ist ja nur zusammengefaltetes Papier.‹ Er nahm es heraus und breitete es vor sich aus.

Schatten füllten den Garten – sie spannen ein Netz aus Dunkelheit über das Häuschen und die Bäume und Henry und das Telegramm. Henry aber rührte sich nicht.

Der Mann ohne Temperament

*E*r stand an der Tür zum Vestibül und drehte den Ring, drehte den schweren Siegelring an seinem kleinen Finger, während sein Blick kalt, mit Bedacht über die runden Tische und Korbstühle schweifte, die in der verglasten Veranda umherstanden. Er spitzte den Mund, als ob er pfeifen wolle – aber er pfiff nicht – er drehte nur den Ring, drehte den Ring an seinen rosigen, frisch gewaschenen Händen.

Drüben in der Ecke saßen die beiden Damen mit der Kauzfrisur. Sie tranken ein Gebräu, das sie stets um diese Tageszeit tranken – etwas Weißliches, Gräuliches, in Gläsern, obendrauf schwamm so etwas wie kleine Schoten. Dazu wühlten sie in einer Büchse voller Papierschnitzel nach gesprenkelten Keksstückchen, die sie entzweibrachen, in die Gläser fallen ließen, um sie dann mit dem Löffel herauszuangeln. Ihrer beider Strickknäuel lagen, schlummernd wie zwei Schlangen, neben dem Tablett.

Die Amerikanerin saß da, wo sie immer saß, vor der Glaswand, im Schatten eines gewaltigen kriechenden Etwas mit weit aufgerissenen purpurroten

Augen, das sich an das Glas preßte, ja, sich daran plattdrückte und sie gierig beobachtete.
Und sie wußte, daß es da war – sie wußte, daß es sie so ansah. Sie ging darauf ein; sie spielte sich ein wenig auf. Manchmal zeigte sie sogar darauf und rief: »Ist das nicht das Scheußlichste, was Sie je gesehen haben? Ist das nicht geradezu dämonisch!« Schließlich war es auf der anderen Seite der Veranda ... und außerdem konnte es sie nicht berühren, ja Klaymongso? Sie war Amerikanerin, nicht wahr, Klaymongso, und sie würde geradewegs zu ihrem Konsul gehen. Klaymongso lag zusammengerollt auf ihrem Schoß unter einer abgewetzten altmodischen Brokattasche, einem schmuddeligen Taschentuch und einem Stoß Briefe von zu Hause, und nieste als Antwort.
Die anderen Tische waren leer. Die Amerikanerin und die beiden ›Käuze‹ wechselten einen Blick. Sie zuckte auf fremdländische Weise die Achseln; sie winkten verständnisvoll mit einem Keks. Er aber sah nichts. Jetzt war er still, jetzt sah man seinen Augen an, daß er lauschte. ›Huu-i-Sip-Suu-uu!‹ hörte man den Lift. Klirrend öffnete sich der eiserne Käfig. Das Geräusch leichter, schleppender Schritte kam durch die Halle auf ihn zu.
Wie ein Blatt fiel ihm eine Hand leicht auf die Schulter. Eine leise Stimme sagte: »Setzen wir uns

dorthin – wo wir die Auffahrt sehen können. Die Bäume sind so wunderbar.« Und er setzte sich in Bewegung, noch immer die Hand auf der Schulter und neben sich die leichten, schleppenden Schritte. Er zog einen Stuhl vor, und sie ließ sich langsam darauf nieder, ließ den Kopf an das Rückenpolster sinken und die Arme auf die Seitenlehne fallen.

»Willst du den andern nicht näher heranrücken? Er ist ja meilenweit weg.« Aber er rührte sich nicht.

»Wo ist dein Schal?« fragte er.

»Oh!« stöhnte sie leise und bestürzt. »Wie dumm von mir, ich habe ihn oben auf dem Bett gelassen. Macht nichts. Bitte, hol ihn nicht. Ich brauche ihn nicht, ich brauche ihn ganz bestimmt nicht.«

»Es ist besser, wenn du ihn hast.« Und er machte kehrt und ging mit raschen Schritten durch die Veranda in die dämmrige Halle mit dem roten Plüsch und den vergoldeten Möbeln – den Möbeln eines Zauberkünstlers –, der Ankündigung der Gottesdienste in der Englischen Kirche, der grünen Friestafel, auf der die noch nicht abgeholten Briefe das schwarze Gitter hinaufrankten, der kolossalen Uhr, einer Schenkung, die die halben Stunden schlug, Stapeln von Stöcken und Schirmen und Sonnenschirmen in den Armen eines braunen Holzbären, vorbei an den beiden verkrüppelten Palmen, den beiden uralten Bettlern am Fuße der

Treppe, dann die Marmorstufen hinauf, drei auf einmal, vorbei an der lebensgroßen Gruppe zweier draller Bauernkinder auf dem Treppenabsatz, deren marmorne Schürzen marmorne Trauben füllten, und den Gang entlang, wo Gerümpelhaufen alter Blechbüchsen, Lederkoffer, Segeltuchtaschen lagen, zu ihrem Zimmer.

Dort war das Zimmermädchen. Es sang laut, als es Seifenwasser in einen Eimer schüttete. Die Fenster standen weit offen, die Läden waren zurückgeschlagen, und das Licht fiel gleißend herein. Es hatte die Teppiche und die mächtigen weißen Kopfkissen über das Balkongeländer geworfen; die Moskitonetze über den Betten waren hochgebunden; auf dem Schreibtisch stand ein Napf voller Fusseln und abgebrannter Streichhölzer. Als es ihn sah, funkelten die kleinen frechen Augen des Mädchens, und sein Gesang wurde zu einem Summen. Aber er ließ sich nichts anmerken. Seine Augen durchsuchten das gleißende Zimmer. Wo zum Teufel war denn der Schal!

»Vous desirez, Monsieur?« spottete das Mädchen. Keine Antwort. Er hatte den Schal entdeckt. Er ging durch das Zimmer, ergriff das graue Spinnengeweb und ging hinaus, wobei er die Tür hinter sich zuschlug. Hinter ihm ertönte die Stimme des Mädchens, lauter und schriller als zuvor.

»Ach, da bist du ja. Was ist passiert? Was hat dich aufgehalten? Der Tee ist bereits da, wie du siehst. Ich habe gerade Antonio nach dem heißen Wasser geschickt. Ist das nicht sehr merkwürdig? Ich muß ihm das doch schon mindestens an die sechzigmal gesagt haben, und trotzdem bringt er's nicht mit. Danke. Das ist sehr nett. Man spürt tatsächlich ein Lüftchen, wenn man sich vorbeugt.«

»Danke.« Er nahm seinen Tee und setzte sich in den anderen Stuhl. »Nein, nichts zu essen.«

»O doch! Nur einen, du hast so wenig zu Mittag gegessen, und bis zum Dinner ist's noch lange.«

Ihr Schal fiel herunter, als sie sich vorbeugte, um ihm die Kekse zu reichen. Er nahm einen und legte ihn auf die Untertasse.

»Ach, diese Bäume längs des Fahrwegs!« rief sie. »Ich könnte sie immerzu anschauen. Sie sind wie hochedle Riesenfarne. Und siehst du den dort mit der silbergrauen Rinde und den Büscheln cremefarbener Blüten, gestern habe ich so ein Köpfchen Blüten heruntergezogen, um daran zu riechen, und sie rochen« – sie schloß die Augen bei der Erinnerung daran, und ihre Stimme wurde immer leiser, klang nur noch dünn, zart – »wie frischgemahlene Muskatnüsse.« Eine kleine Pause. Lächelnd wandte sie sich ihm zu. »Du weißt doch sicher, wie Muskatnüsse riechen, ja, Robert?«

Und er erwiderte das Lächeln. »Wie kann ich dir nur beweisen, daß ich's weiß?«
Da kam Antonio zurück, nicht nur mit dem heißen Wasser, auf einem Tablett brachte er Briefe und drei Zeitungsrollen.
»Oh, die Post! Ach, wie schön! Oh, Robert, die dürfen nicht alle für dich sein! Sind sie gerade erst gekommen, Antonio?« Ihre schmalen Hände flogen hoch und verweilten über den Briefen, die Antonio ihr hinhielt, wobei er sich vorneigte.
»Eben in diesem Augenblick, Signora«, grinste Antonio. »Ich hab – ehem – sie mir vom Briefträger geben lassen.«
»Edler Antonio!« lachte sie. »Da – das sind meine, Robert, der Rest ist für dich.«
Antonio drehte sich auf dem Absatz um, erstarrte förmlich, das Grinsen verschwand aus seinem Gesicht. Das gestreifte Leinenjackett und die enganliegenden schimmernden Ponyfransen ließen ihn wie eine hölzerne Puppe aussehen.
Mr. Salesby steckte die Briefe in die Tasche; die Zeitungen lagen auf dem Tisch. Er drehte den Ring, drehte den Siegelring an seinem kleinen Finger und starrte mit einem ausdruckslosen Blinzeln vor sich hin.
Sie jedoch – in einer Hand die Teetasse, in der anderen die dünnen Papierbogen – hielt den

Kopf nach hinten geneigt, ihr Mund war geöffnet, die Backenknochen wie mit leuchtender Farbe angepinselt, und sie nippte, nippte, trank... trank...

»Von Lottie«, murmelte sie leise. »Die Ärmste... solche Beschwerden... linken Fuß. Sie hatte gedacht... Nervenentzündung... Doktor Blyth... Plattfuß... Massage. So viele Rotkehlchen dieses Jahr... äußerst zufrieden mit dem Mädchen... Indischer Oberst... jedes Reiskorn gesondert... sehr starker Schneefall.« Und sie hob ihre großen glänzenden Augen von dem Brief. »Schnee, Robert! Denk doch mal.« Und sie strich über die kleinen dunklen Veilchen, die sie sich an die schmächtige Brust gesteckt hatte, und kehrte zu ihrem Brief zurück.

...Schnee. Schnee in London. Millie mit dem Frühmorgentee. »In der Nacht hat es fürchterlich geschneit, Sir.« – »Oh, wirklich, Millie?« Die Vorhänge gehen auf und lassen das fade, widerstrebende Licht herein. Er richtet sich im Bett auf; die soliden Häuser von gegenüber tauchen vor seinem flüchtigen Blick auf, weiß eingerahmt, die Blumenkästen voller wundervoller Zweige aus weißen Korallen... Im Badezimmer – es geht nach hinten zum Garten hinaus. Schnee – überall dichter

Schnee. Den Rasen bedecken wellenförmige Muster wie von Katzenpfoten; der Gartentisch ist von einer dicken, dicken Eisschicht überzogen; die verdorrten Schoten des Goldregens sind weiße Quasten; nur im Efeu zeigt sich hier und da ein dunkles Blatt ... Er wärmt sich den Rücken am Feuer im Eßzimmer, über einem Stuhl trocknet die Zeitung. Millie mit dem Speck. »Ach, wenn es Ihnen recht ist, Sir, da sind zwei kleine Jungs draußen, die wollen für einen Shilling die Stufen und vorm Haus saubermachen, soll ich sie lassen?« ... Und dann Jinnie – wie sie leicht, ganz leicht die Treppen herunterschwebt. »Ach, Robert, ist das nicht herrlich? Ach, wie schade, daß das alles schmelzen muß. Wo ist denn die Miezekatze?« – »Millie wird sie holen.« – »Millie, geben Sie mir doch mal das Kätzchen, wenn es bei Ihnen unten ist.« – »Sehr wohl, Sir.« Unter seiner Hand spürte er das kleine Herz schlagen. »Komm schon, alter Freund, deine Herrin verlangt nach dir.« – »O Robert, zeig ihm doch den Schnee – seinen ersten Schnee. Soll ich das Fenster aufmachen und ihm ein klein bißchen auf die Pfote geben?« ...

»Na ja, das klingt ja im ganzen recht zufriedenstellend – sehr sogar. Arme Lottie! Anne, Liebes! Ich wünschte nur, ich könnte ihnen etwas davon schik-

ken«, rief sie und winkte mit den Briefen zu dem strahlenden, blendenden Garten hinaus.
»Noch Tee, Robert? Robert, Lieber, noch Tee?«
»Nein, danke. Er war sehr gut«, sagte er schleppend.
»Nun, meiner nicht. Meiner schmeckte wie kleingehäckseltes Heu. Oh, da kommen ja die beiden Hochzeitsreisenden.«
Halb laufend, halb rennend, zwischen sich einen Korb und Ruten und Schnüre, so kamen sie den Fahrweg, dann die flachen Stufen herauf.
»Meine Güte! Sind Sie angeln gewesen?« rief die Amerikanerin. Sie waren außer Atem, keuchten:
»Ja, ja, den ganzenTag sind wir in einem kleinen Boot draußen gewesen. Sieben Stück haben wir gefangen. Vier sind gut zum Essen. Aber drei geben wir weg. Den Kindern.«
Mrs. Salesby schob den Stuhl herum, um sie anzusehen; die ›Käuze‹ legten die Schlangen ab. Es war ein sehr dunkles junges Paar – schwarzes Haar, olivfarbene Haut, glänzende Augen und Zähne. Er war nach ›englischer Mode‹ gekleidet, Flanelljacke, weiße Hosen und Schuhe. Um den Hals trug er einen Seidenschal. Der Kopf mit dem zurückgekämmten Haar war unbedeckt. Und ständig wischte er sich die Stirn, rieb sich die Hände mit

einem leuchtenden Taschentuch. Ihr weißer Rock hatte einen nassen Fleck; Hals und Nacken waren dunkelrot getönt. Als sie die Arme hob, hatte der Schweiß große Halbkreise unter den Achselhöhlen gezeichnet. Das Haar klebte ihr in nassen Locken im Gesicht. Sie sah aus, als ob ihr junger Ehemann sie ins Meer getaucht hätte, um sie dann wieder herauszufischen, an der Sonne zu trocknen, und dann – wieder hinein mit ihr – den lieben langen Tag.

»Ob Klaymongso einen Fisch möchte?« schrien sie. Schwer vor Begeisterung prallten ihre lachenden Stimmen wie Vögel gegen die eingeglaste Veranda, und dem Korb entstieg ein eigentümlicher salzartiger Geruch.

»Heute nacht werden Sie gut schlafen«, ließ sich einer der ›Käuze‹ hören und kratzte sich mit der Stricknadel im Ohr, während der andere ›Kauz‹ lächelnd dazu nickte.

Die beiden Hochzeitsreisenden sahen sich an. Eine gewaltige Woge schien über sie hinzugehen. Sie rangen nach Luft, schluckten, zögerten ein wenig, und dann platzten sie heraus und lachten und lachten.

»Wir können nicht hinaufgehen. Wir sind einfach zu müde. Wir müssen so, wie wir sind, unsern Tee trinken. Hier – Kaffee. Nein – Tee. Nein – Kaffee.

Tee – Kaffee, Antonio!« Mrs. Salesby wandte sich ab.
»Robert! Robert!« Wo war er nur? Er war nicht da. Ach, da stand er ja am anderen Ende der Veranda, mit dem Rücken zu ihr, und rauchte eine Zigarette. »Robert, machen wir jetzt unsere kleine Runde?«
»Gut.« Er drückte die Zigarette im Aschenbecher aus und kam herübergeschlendert, die Augen auf den Boden gerichtet. »Ist dir auch warm genug?«
»O ja.«
»Bestimmt?«
»Hm«, sie legte ihm die Hand auf den Arm, »vielleicht«, und ganz leicht drückte sie seinen Arm – »es ist nicht oben, es ist nur in der Halle – vielleicht könntest du mir mein Cape holen. Es hängt dort.«
Er kam damit zurück, und sie neigte den schmächtigen Kopf, während er es ihr auf die Schultern gleiten ließ. Darauf bot er ihr sehr steif den Arm. Sie verneigte sich freundlich vor den Leuten auf der Veranda, während er gerade noch ein Gähnen unterdrückte, und dann gingen sie zusammen die Stufen hinunter.
»*Vous avez voo ça!*« ließ sich die Amerikanerin hören.
»Er ist kein Mann«, sagten die beiden ›Käuze‹, »er ist in Ochse. Früh und abends, wenn wir im Bett

sind, sage ich zu meiner Schwester – er ist kein Mann, sondern ein Ochse, sage ich!«

Quirlend, sich überschlagend, Kobolz schießend brach sich das Gelächter der Jungvermählten an den Glasscheiben der Veranda.

Die Sonne stand noch hoch. Jedes Blatt, jede Blume im Garten lag weit geöffnet da, regungslos, wie erschöpft, und ein süßer, schwerer, scharfer Geruch füllte die zitternde Luft. Aus den dicken, fleischigen Blättern eines Kaktus wuchs ein mit blassen Blüten überladener Aleostamm, die Blüten sahen aus, als wären sie aus Butter modelliert worden. Die hochaufragenden Palmenwedel blinkten im Licht; über einem Beet tiefroter glänzender Blumen ›sssssummten‹ dicke schwarze Insekten; ein großer prunkvoller Wurm, orange mit pechschwarzen Flecken, kroch auf eine Wand zu.

»Ich brauche mein Cape doch nicht«, sagte sie. »Es ist wirklich zu warm.« So nahm er es ihr denn ab und trug es über dem Arm. »Laß uns diesen Weg langgehen. Ich fühle mich so gut heute, erstaunlich besser. Du lieber Himmel – guck dir mal die Kinder da an! Und das im November!«

In einer Ecke des Gartens standen zwei Bottiche, bis zum Rand mit Wasser gefüllt. Drei kleine Mädchen tummelten sich darin und planschten auf und ab. Die Schlüpfer hatten sie vorsorglich ausge-

zogen und an einen Busch gehängt, die Röcke hielten sie bis zur Taille hochgerafft. Die Haare fielen ihnen ins Gesicht, sie kreischten und bespritzten sich.
Doch plötzlich blickte die Kleinste, die einen Zuber für sich hatte, auf und sah die Zuschauer. Einen Augenblick schien sie vor Schreck ganz benommen zu sein, dann kämpfte und mühte sie sich tolpatschig aus ihrem Bottich, die Kleider noch immer über die Taille gerafft. »Der Engländer! Der Engländer!« schrie sie und lief fort, um sich zu verstekken. Unter Schreien und Kreischen folgten ihr die beiden anderen. Augenblicklich waren sie verschwunden; augenblicklich waren da nur noch die beiden Bottiche und die kleinen Schlüpfer auf dem Busch.
»Wie – wie – seltsam!« sagte sie. »Was hat sie denn so erschreckt? Sie waren doch auf jeden Fall viel zu jung, um ...« Sie sah zu ihm auf. Er kam ihr blaß vor – aber wunderschön vor dem großen tropischen Gewächs mit den langen, spitzen Dornen.
Er antwortete nicht gleich. Dann begegnete er ihrem Blick und lächelte sein bedächtiges Lächeln. »*Très* komisch!« sagte er.
Très komisch! Ach, ihr war ganz schwach. Ach, warum mußte sie ihn denn so sehr lieben, nur weil er so etwas sagte. *Très* komisch! Das war ganz

und gar Robert. Niemand außer Robert konnte überhaupt so etwas sagen. So wunderbar, so brillant, so gebildet zu sein und dann mit der eigentümlichen Jungenstimme zu sagen ... Sie hätte weinen mögen.
»Weißt du, manchmal bist du sehr wunderlich«, sagte sie.
»Ja«, antwortete er. Und sie gingen weiter.
Aber sie war müde. Sie hatte genug. Sie wollte nicht mehr laufen.
»Laß mich hier und mach du weiter deinen Verdauungsspaziergang, ja? Ich bin dann in einem der Liegestühle hier. Wie gut, daß du mein Cape geholt hast; du brauchst nicht hinaufzugehen, um mir eine Decke zu holen. Danke, Robert, ich werde dieses köstliche Heliotrop bewundern ... Du bleibst nicht zu lange?«
»Nein – nein. Dir macht es doch nichts aus, hierzubleiben?«
»Unsinn! Ich möchte, daß du gehst. Ich kann nicht erwarten, daß du ständig hinter deiner kranken Frau herzuckelst ... Wie lange wirst du weg sein?«
Er zog seine Uhr heraus. »Es ist genau halb fünf. Viertel sechs bin ich wieder da.«
»Viertel sechs wieder da«, wiederholte sie, und still lag sie in dem Liegestuhl und faltete die Hände.
Er ging. Auf einmal war er wieder da. »Hör mal,

möchtest du meine Uhr haben?« Und er ließ sie vor ihr baumeln.
»Oh!« Sie hielt den Atem an. »Sehr, sehr gern.« Und sie umklammerte die Uhr, die warme Uhr, die allerliebste Uhr mit den Fingern. »Jetzt geh aber schnell.«
Die Tore der Pension Villa Excelsior standen weit offen, hatten ein paar verwegene Geranien eingequetscht. Leicht gebückt, den Blick starr geradeaus gerichtet, ging er mit raschen Schritten hindurch und begann, den Berg hinaufzusteigen, der die Stadt einschloß und sich wie ein mächtiges Tau um die Villen spannte. Dick lag der Staub. Ein Wagen rollte in Richtung ›Excelsior‹ heran. Darin saßen der General und die Gräfin. Sie kamen von der täglichen Ausfahrt. Mr. Salesby trat zur Seite, doch der Staub wirbelte hoch, dick, weiß, zum Ersticken, wie Wolle. Die Gräfin hatte gerade noch Zeit, den General heimlich anzustoßen. »Da geht er«, sagte sie maliziös.
Aber der General ließ ein lautes Krächzen hören und sah geflissentlich in die andere Richtung.
»Das ist der Engländer«, sagte der Kutscher, als er sich mit einem Lächeln umwandte. Und die Gräfin warf die Hände hoch und nickte so liebenswürdig, daß er vor Genugtuung ausspie und dem stolpernden Pferd einen Hieb versetzte.

Weiter – weiter – vorbei an den schönsten Villen der Stadt, großartigen Palästen, Palästen, die anzusehen jede noch so weite Reise lohnte, vorbei an den öffentlichen Anlagen mit den in Stein gehauenen Grotten und Statuen und steinernen Tieren, die aus dem Brunnen tranken, in ein ärmlicheres Viertel. Hier schlängelte sich die Straße eng und schmutzig zwischen hohen, schmalbrüstigen Häusern dahin, die zu ebener Erde für Ställe und Zimmermannswerkstätten gleichsam ausgeweidet worden waren. An einem Brunnen vor ihm klopften zwei alte Frauen Wäsche. Als er an ihnen vorbeiging, hockten sie sich hin, starrten ihn an, und dann hörte er hinter sich ihr »A-hak-kak-kak!«, wie der Stein auf die Wäsche schlug und schlug.
Er erreichte die Höhe; er bog um die Ecke, und die Stadt war nicht mehr zu sehen. Drunten blickte er in ein tiefes Tal mit einem ausgetrockneten Flußbett ganz unten. Hüben und drüben standen kleine baufällige Häuser, auf deren brüchigen Steinveranden Obst zum Trocknen lag, im Garten gab es Tomatenreihen und von der Gartentür zum Haus ein Rebenspalier. Das Sonnenlicht des Spätnachmittags lag tief und golden in der Talmulde. Ein Geruch von Holzkohle hing in der Luft. In den Gärten waren die Männer dabei, die Weintrauben abzuschneiden. Er sah einem Mann zu, der im grünli-

chen Schatten stand, wie er eine schwarze Traube hochhob, sie in einer Hand hielt, das Messer vom Gürtel nahm, sie abschnitt und in einen flachen, bootsförmigen Korb legte. Der Mann arbeitete ohne Hast, ruhig, brauchte eine Ewigkeit für diese Arbeit. An den Hecken über der Straße waren die Weintrauben klein wie Beeren, wild wuchsen sie zwischen den Steinen. Er lehnte sich an eine Hauswand, stopfte die Pfeife, hielt ein Streichholz daran...

Lehnte sich über ein Gartentor und schlug den Kragen seines Regenmantels hoch. Gleich würde es zu regnen anfangen. Es machte nichts, er war darauf eingerichtet. Im November erwartete man nichts anderes. Er blickte über das kahle Feld. Von der Ecke neben dem Tor kam der Geruch von Steckrüben, da lag ein großer Berg, naß, schmutzfarben. Zwei Männer gingen vorbei auf die verstreuten Häuser des Dorfes zu. »Guten Tag!« – »Guten Tag!« Um Himmels willen! Er mußte sich beeilen, wenn er den Zug nach Hause erreichen wollte. Über das Tor, querfeldein, über einen Zauntritt, einen Feldweg lang, in strömendem Regen marschierte er dahin durch die Dämmerung... Gerade noch zeitig genug wieder zu Hause, um vor dem Abendessen ein Bad zu nehmen und sich umzuziehen ... Im Wohnzimmer; Jinnie sitzt beinahe im Feuer. »Oh, Robert, ich hab dich nicht hereinkommen hören. War's schön? Wie gut du riechst! Ein Geschenk?« – »Ein paar Brombeeren, die ich für dich gepflückt habe. Schöne Farbe.« – »O ja, fein, Robert! Dennis und Beaty kommen zum Abendessen.« Das Abendessen – kalter Rinderbraten, Pellkartoffeln, Rotwein, gewöhnliches Bäckerbrot. Sie sind fröhlich – alle lachen. »Ach, wir alle kennen doch Robert«, sagt Dennis, er haucht seine Brille an und poliert sie. »Übrigens, Dennis, habe ich eine sehr hübsche kleine Ausgabe von ...«

Eine Uhr schlug. Er fuhr herum. Wie spät war es? Fünf? Viertel sechs? Zurück, den Weg zurück, den er gekommen war. Als er durch das Gartentor trat, sah er sie auf Beobachtungsposten. Sie stand auf, winkte und kam ihm langsam entgegen, das schwere Cape zerrte sie hinter sich her. In der Hand trug sie einen Heliotropzweig.

»Du kommst zu spät«, rief sie fröhlich. »Du kommst drei Minuten zu spät. Hier ist deine Uhr, sie hat mir gute Dienste geleistet, während du weg warst. War's schön? Hat dir's gefallen? Erzähle. Wo warst du?«

»Hör mal – zieh das an«, sagte er und nahm ihr das Cape ab.

»Ja, mach ich. Ja, es wird langsam kühl. Gehen wir aufs Zimmer?«

Als sie zum Lift kamen, hustete sie. Er runzelte die Stirn.

»Das ist nichts weiter. Ich bin nicht zu lange draußen gewesen. Sei nicht böse.« Sie setzte sich auf einen der roten Plüschsessel, dieweil er läutete und läutete und dann, da sich nichts rührte, den Finger auf der Klingel ließ.

»Oh, Robert, meinst du wirklich, du solltest das tun?«

»Sollte was tun?«

Die Tür zum Salon ging auf. »Was ist denn? Wer macht hier so einen Lärm?« tönte es von drinnen. Klaymongso begann zu kläffen. »Krrr! Krrr!« krächzte der General. Ein ›Kauz‹ kam herausgestürzt, eine Hand am Ohr, öffnete die Tür fürs Personal und schrie: »Mr. Queet! Mr. Queet!« Das brachte sofort den Direktor auf den Plan.

»Sind Sie's, der läutet, Mr. Salesby? Möchten Sie den Fahrstuhl? Sehr wohl, mein Herr. Ich werde Sie selbst nach oben bringen. Bei Antonio hätte es keine Minute mehr gedauert, er hat gerade seine Schürze abgenommen –« Und nachdem der salbungsvolle Direktor sie hineingeleitet hatte, ging er zur Salontür. »Tut mir sehr leid für die Störung, meine Damen und Herren.« Salesby stand im Aufzug, sog an der Unterlippe, starrte an die Decke und drehte den Ring, drehte den Siegelring an seinem kleinen Finger ...

In ihrem Zimmer angelangt, ging er sofort zum Waschtisch, schüttelte die Flasche, goß ihr eine Dosis ein und brachte ihr die Arznei.

»Setz dich. Trink. Und nicht reden!« Und er stand da, über sie gebeugt, während sie gehorchte. Dann nahm er das Glas, spülte es aus und stellte es wieder ins Regal zurück. »Möchtest du ein Kissen?«

»Nein, ich bin ganz in Ordnung. Komm hierher. Setz dich nur einen Augenblick zu mir, ja, Robert? Ach, das tut sehr gut.« Sie wandte sich ihm zu und steckte den Heliotropzweig in den Aufschlag seines Rockes. »Das ist äußerst kleidsam.« Und dann lehnte sie den Kopf an seine Schulter, und er legte den Arm um sie.

»Robert –« Ihre Stimme glich einem Seufzer – einem Hauch.

»Ja –«

Lange saßen sie so da. Der Himmel flammte auf, verblaßte; die beiden weißen Betten waren wie zwei Schiffe ... Schließlich hörte er das Mädchen mit den Krügen heißen Wassers über den Gang laufen, und sanft ließ er sie los und schaltete das Licht an.

»Ach, wie spät ist es? Oh, was für ein himmlischer

Abend. Ach, Robert, während du heute nachmittag fort warst, habe ich nachgedacht...«
Sie waren das letzte Paar, das den Speisesaal betrat. Da saß die Gräfin mit Lorgnon und Fächer, da saß der General in seinem Spezialstuhl mit dem aufgeblasenen Kissen und der kleinen Decke über den Knien. Da saß die Amerikanerin und zeigte Klaymongso eine Ausgabe der ›Saturday Evening Post‹... ›Ein wahres Labsal der Vernunft, dazu ein überströmend Herz.‹ Da saßen die beiden ›Käuze‹ und betasteten die Pfirsiche und Birnen in ihrer Obstschale und legten die beiseite, die sie für unreif oder überreif hielten, um sie dem Direktor zu zeigen, und die Jungvermählten lehnten über dem Tisch, flüsterten, bemüht, nicht laut loszulachen.
Mr. Queet, in Alltagskleidung und weißen Leinenschuhen, teilte die Suppe aus, und Antonio, im Frack, trug sie auf.
»Nein«, sagte die Amerikanerin, »nehmen Sie sie wieder mit, Antonio. Wir können keine Suppe essen. Wir können doch nichts Breiiges essen, nicht wahr, Klaymongso?«
»Bringen Sie sie zurück und machen Sie den Teller voll bis zum Rand!« sagten die ›Käuze‹, und sie drehten sich um und paßten auf, als Antonio ihre Botschaft ausrichtete.

»Was ist das? Reis? Gekocht?« Die Gräfin spähte durch das Lorgnon. »Mr. Queet, der General kann etwas von dieser Suppe essen, wenn der Reis gekocht ist.«

»Sehr wohl, Frau Gräfin.«

Die Jungvermählten aßen statt dessen ihren Fisch.

»Gib mir den. Den habe ich gefangen. Nein, das ist er nicht. Ja, doch. Nein. Nun, er guckt mich so mit dem Auge an, daß er es sein muß. Los! He! He!« Ihre Füße waren unterm Tisch umeinandergeschlungen.

»Robert, du ißt doch schon wieder nichts. Fehlt dir etwas?«

»Nein. Mag nicht mehr, das ist alles.«

»Ach, wie dumm! Da kommen Spinat und Ei. Du magst doch keinen Spinat. Fürs nächste Mal muß ich ihnen das sagen ...«

Ein Ei und Kartoffelbrei für den General.

»Mr. Queet! Mr. Queet!«

»Ja, Frau Gräfin.«

»Das Ei für den General ist schon wieder zu hart.«

»Krr! Krr! Krr!«

»Tut mir sehr leid, Frau Gräfin. Soll ich Ihnen ein anderes kochen lassen, Herr General?«

... Sie sind die ersten, die den Speisesaal verlassen. Sie erhebt sich, nimmt ihren Schal, und er steht abseits und wartet, daß sie vorbeigeht, er dreht den

Ring, dreht den Siegelring an seinem kleinen Finger. In der Halle schwebt Mr. Queet auf sie zu. »Ich dachte mir, Sie möchten vielleicht nicht auf den Fahrstuhl warten. Antonio serviert gerade die Fingerschalen. Und es tut mir leid, die Klingel geht nicht, sie ist kaputt. Ich kann mir nicht erklären, was damit ist.«

»Oh, ich hoffe sehr ...« von ihr.

»Geh rein«, sagt er.

Mr. Queet folgt ihnen und schlägt die Tür zu ...

»... Robert, hast du etwas dagegen, wenn ich mich sehr zeitig schlafen lege? Möchtest du nicht in den Salon oder in den Garten gehen? Oder vielleicht möchtest du auch auf dem Balkon eine Zigarre rauchen. Es ist herrlich draußen. Und ich mag Zigarrenrauch. Immer schon. Aber wenn du lieber ...«

»Nein, ich bleibe hier sitzen.«

Er nimmt einen Stuhl und setzt sich auf den Balkon. Er hört sie im Zimmer hin und her gehen, hört leicht, ganz leicht, ihre Bewegungen und Rascheln. Dann kommt sie zu ihm herüber. »Gute Nacht, Robert.«

»Gute Nacht.« Er nimmt ihre Hand und küßt sie auf die Innenseite. »Erkälte dich nicht!«

Der Himmel ist jadegrün, sternenübersät. Ein riesiger weißer Mond hängt über dem Garten. In der Ferne zittert ein Blitz auf – zittert wie ein Flügel –

flattert wie ein lahmer Vogel, der zu fliegen versucht, wieder herabsinkt, aufs neue kämpft.
Auf den Gartenweg scheinen die Lichter aus dem Salon, dazu ertönen die Klänge eines Klaviers. Und einmal ruft die Amerikanerin, als sie die Verandatür öffnet, um Klaymongso in den Garten zu lassen: »Haben Sie diesen Mond gesehen?« Aber niemand antwortet.
Ihm wird sehr kalt, wie er da sitzt und das Balkongitter anstarrt. Schließlich geht er hinein. Der Mond – das Zimmer ist in weißes Mondlicht getaucht. In den Spiegeln erzittert das Licht; die beiden Betten scheinen zu schweben. Sie schläft. Er sieht sie durch die Moskitonetze, sie sitzt, halb von Kissen gestützt, die weißen Hände auf der Decke gefaltet. Versilbert sind die weißen Wangen, das helle Haar ins Kopfkissen gepreßt. Rasch, leise zieht er sich aus und geht ins Bett. Da liegt er nun, die Hände hinter dem Kopf verschränkt ...

... In seinem Arbeitszimmer. Spätsommer. Der wilde Wein kurz vorm Verblühen ...
»Ja, mein Lieber, so sieht's aus. Das ist der langen Rede kurzer Sinn. Wenn sie für die nächsten zwei Jahre nicht von hier verschwinden kann, um es mit einem zuträglichen Klima zu versuchen, dann – hm, macht sie's nicht mehr lange. Wir wollen doch

MUSEUM KÜPPERSMÜHLE
FÜR MODERNE KUNST

INNENHAFEN DUISBURG

das Kind beim Namen nennen.« – »Ja, gewiß ...« – »Und verdammt noch mal, altes Haus, was hält dich denn eigentlich davon ab mitzufahren? Du hast doch nicht so eine geregelte Arbeit wie wir Lohnempfänger. Was du machst, kannst du überall machen, ganz egal, wo –« – »Zwei Jahre«. – »Ja, ich würde zwei Jahre annehmen. Das Haus hier zu vermieten ist bestimmt kein Problem. Um die Wahrheit zu sagen ...«

... Er ist bei ihr. »Robert, das dumme ist – das ist bestimmt die Krankheit –, ich hab einfach das Gefühl, daß ich nicht allein wegfahren könnte. Du mußt verstehen – du bist mein ein und alles. Du bist das Brot und der Wein, Robert, das Brot und der Wein. Ach, Liebster, was rede ich denn da! Natürlich könnte ich, natürlich werde ich dich nicht hier weglotsen ...«

Er hört, wie sie sich rührt. Möchte sie etwas?

»Boogles?«

Du lieber Himmel! Sie spricht im Schlaf. Diesen Namen haben sie schon ewig nicht mehr benutzt.

»Boogles. Bist du wach?«

»Ja, brauchst du irgend etwas?«

»Ach, ich falle dir langsam zur Last. Entschuldige. Wärst du so nett? In meinem Netz ist ein verdammter Moskito – ich kann ihn summen hören. Würdest du ihn fangen? Ich möchte mich nicht bewegen wegen meines Herzens.«

»Nein, beweg dich nicht. Bleib, wo du bist.« Er macht das Licht an, hebt das Netz hoch. »Wo ist der kleine Kerl? Weißt du, wo er ist?«

»Ja, da drüben in der Ecke. Ach, ich komme mir so hundsgemein vor, dich aus dem Bett aufgescheucht zu haben. Findest du das schlimm?«

»Nein, natürlich nicht.« Einen Augenblick steht er da in seinem blauweißen Schlafanzug. Dann: »Hab ihn«, sagte er.

»O fein. War's ein dicker?«

»Schrecklich.« Er ging hinüber zum Waschtisch und tauchte die Finger ins Wasser. »Ist jetzt alles in Ordnung? Soll ich das Licht ausmachen?«

»Ja, bitte. Nein. Boogles! Komm noch mal her. Setz dich zu mir. Gib mir deine Hand!« Sie dreht seinen Siegelring. »Warum hast du nicht geschlafen? Boogles, hör zu. Komm näher. Manchmal frage ich mich – findest du's schlimm, mit mir hier zu sein?«

Er beugte sich zu ihr hinab. Er küßt sie. Er deckt sie gut zu, streicht das Kopfkissen glatt.

»Dummes Zeug!« flüstert er.

Ehe à la mode

Auf dem Weg zum Bahnhof durchfuhr William erneut schmerzhafte Enttäuschung, als er daran dachte, daß er den Kindern gar nichts mitbrächte. Arme kleine Kerle! Es war schwer für sie. Immer waren ihre ersten Worte, wenn sie zur Begrüßung herbeigerannt kamen: »Was hast du mir mitgebracht, Pappi?«, und er hatte nichts. Er würde ihnen auf dem Bahnhof ein paar Süßigkeiten kaufen müssen. Aber das hatte er ja schon die letzten vier Sonnabende getan. Das letzte Mal hatten sie lange Gesichter gezogen, als sie dieselben alten Packungen zum Vorschein kommen sahen.

Und Paddy hatte gesagt: »Schon wieder mit roten Streifen!«

Und Johnny hatte gemeint: »Meins ist immer rosa. Ich mag aber kein Rosa.«

Aber was sollte William denn bloß machen? So einfach war das Ganze nämlich nicht. Früher hätte er natürlich ein Taxi genommen, wäre zu einem anständigen Spielzeugladen gefahren und hätte in fünf Minuten etwas für sie rausgesucht. Aber heutzutage hatten sie russische Spielsachen, französische Spielsachen, serbische Spielsachen – Spielsachen von Gott weiß woher. Es war über ein Jahr her, daß Isabel die alten Esel und Lokomotiven und was nicht alles noch ausrangiert hatte, weil sie so ›fürchterlich sentimental‹ und so ›ungeheuer schlecht für das Formempfinden der Kleinen‹ wären.

»Es ist so wichtig«, hatte die neue Isabel erklärt, »daß ihnen von Anfang an die richtigen Dinge gefallen. Das spart später so viel Zeit. Wirklich, wenn die armen Lieblinge ihre Kinderjahre damit zubringen müssen, diese Greuel anzustarren, kann man sich gut vorstellen, wie sie heranwachsen und darum bitten, daß man ihnen die Königliche Akademie zeigt.«

Und sie redete, als ob ein Besuch der Königlichen Akademie unverzüglich den sicheren Tod für jeden bedeutete ...

»Nun, ich weiß nicht«, sagte William bedächtig. »Als ich so alt war wie sie, habe ich immer ein altes, zusammengeknotetes Handtuch mit ins Bett genommen und gestreichelt.«

Die neue Isabel warf ihm einen Blick zu, die Augen zusammengekniffen, den Mund offen.

»Liebster William! Das glaub ich dir gern!« Sie lachte auf die neue Art.

Also müßten es doch Süßigkeiten sein, dachte William düster, als er in seiner Tasche nach Kleingeld für den Taxifahrer kramte. Und er sah die Kinder vor sich, wie sie die Schachteln herumreichten – die Kerlchen waren furchtbar großzügig –, während sich Isabels noble Freunde in keiner Weise scheuten zuzugreifen ...

Wie wäre es mit Obst? William zögerte vor einem Stand gleich im Bahnhof drin. Wie wäre es mit einer Melone für jeden? Müßten sie auch davon abgeben? Oder eine Ananas für Pad und eine Melone für Johnny? Isabels Freunde könnten sich doch kaum zu den Mahlzeiten der Jungen ins Kinderzimmer hinaufschleichen. Wie dem auch sei, als William die Melone kaufte, hatte er die schreckliche Vision, wie einer von Isabels jungen Dichtern, aus irgendeinem unerfindlichen Grund, hinter der Kinderzimmertür eine Melonenscheibe aufschlapperte.

Mit den beiden unhandlichen Paketen marschierte er dann zu seinem Zug.

Der Bahnsteig wimmelte von Menschen, der Zug war da. Türen knallten auf und zu. Von der Lokomotive kam ein so gewaltiges Zischen, daß die Leute ganz benommen dreinschauten, als sie hin und her hasteten. William steuerte stracks auf ein Raucherabteil erster Klasse zu, verstaute seinen Koffer und die Pakete, zog einen großen Packen zerknüllter Unterlagen aus seiner Innentasche, ließ sich auf einen Eckplatz fallen und begann zu lesen.

›Unser Klient ist überdies sicher... Wir sind geneigt, neuerlich zu erwägen... im Falle des –‹ Ach, das war besser. William strich sich das glatt anliegende Haar zurück und streckte die Beine quer über den Abteilboden aus. Der vertraute, dumpf nagende Schmerz in seiner Brust ließ nach. ›Bezugnehmend auf unseren Beschluß –‹ Er zog einen blauen Stift heraus, und bedächtig strich er einen Absatz an.

Zwei Männer kamen herein, stiegen über seine Beine weg und strebten auf die andere Ecke zu. Ein junger Bursche warf seine Golfschläger ins Gepäcknetz und setzte sich ihm gegenüber. Der Zug ruckte leicht, sie fuhren. William blickte auf und sah den heißen, gleißenden Bahnhof entschwinden. Ein Mädchen mit rotem Gesicht lief neben dem Wagen her, etwas Angespanntes und beinahe Verzweifeltes lag in ihrem Winken und Rufen. ›Hysterisch!‹ dachte William träge. Dann grinste ein ölbeschmierter Arbeiter, ganz schwarz im Gesicht, am Bahnsteigende dem vorbeifahrenden Zug hinterher. Und William dachte: ›Ein scheußliches Leben!‹ und kehrte zu seinem Papierkram zurück.

Als er wieder aufsah, waren da Felder, und Vieh hatte vor der Sonne unter den dunklen Bäumen

Schutz gesucht. Ein breiter Fluß, an dessen seichten Stellen nackte Kinder planschten, kam in Sicht und glitt wieder vorbei. Fahl schimmerte der Himmel, und wie ein dunkler Fleck in einem Edelstein flog hoch oben ein einzelner Vogel.

›Nach eingehender Überprüfung des Schriftwechsels unseres Klienten ...‹ Der letzte Satz, den er gelesen hatte, hallte in seinem Kopf nach. ›Nach eingehender Überprüfung ...‹ William klammerte sich an diesen Satz, aber das nützte nichts; mittendrin machte es klick!, und die Felder, der Himmel, die dahinsegelnden Vögel, das Wasser, alles sagte: »Isabel.« Dasselbe widerfuhr ihm jeden Sonnabendnachmittag. Wenn er auf dem Weg zu Isabel war, begannen diese unzähligen eingebildeten Wiedersehen. Sie war am Bahnhof, ein bißchen nur stand sie abseits von allen anderen; sie saß draußen im offenen Taxi; sie war am Gartentor; sie ging über das verdorrte Gras; an der Tür oder noch in der Halle.

Und ihre klare, helle Stimme sagte: »Es ist William«, oder »Hallo, William!«, oder »William ist da!« Er strich ihr über die kühle Hand, die kühle Wange.

Isabels köstliche Frische! Als kleiner Junge hatte er riesiges Vergnügen daran gefunden, nach dem Regen in den Garten zu laufen und den Rosenbusch über sich zu schütteln. Isabel war dieser Rosenstrauch, weich wie Blütenblätter, glitzernd und kühl. Und er war noch immer der kleine Junge. Aber jetzt lief er nicht in den Garten hinaus, es gab kein Lachen, kein Schütteln. In seiner Brust begann wieder der dumpfe, unaufhörlich nagende Schmerz. Er zog die Beine heran, warf die Papiere beiseite und schloß die Augen.

»Was ist los, Isabel? Was ist denn nur los?« fragte er zärtlich. Sie waren im Schlafzimmer, in ihrem neuen Haus. Isabel saß vor dem Toilettentisch auf einem mit Farbe angestrichenen Hocker. Der Toilettentisch war mit schwarzen und grünen Schächtelchen übersät.

»Was soll denn sein, William?« Und sie beugte sich vor, das feine helle Haar fiel ihr ins Gesicht.

»Ach, du weißt schon!« Er stand inmitten dieses fremden Zimmers und kam sich auch wie ein Fremder vor. Da schnellte Isabel herum und sah ihm ins Gesicht.

»Ach, William!« rief sie flehend, und sie hielt die Haarbürste hoch. »Bitte! Bitte, sei doch nicht so schrecklich spießig und – tragisch. Immer sagst du oder guckst du so oder gibst sonstwie zu verstehen, daß ich anders geworden wäre. Bloß weil ich wirklich Gleichgesinnte kennengelernt habe und mehr unternehme und mich für – für alles furchtbar interessiere, benimmst du dich, als ob ich« – Isabel warf mit einem Schwung ihr Haar zurück und lachte – »unsere Liebe getötet hätte oder so etwas. Das ist so schrecklich albern« – sie biß sich auf die Lippen –, »und das macht einen ganz verrückt, William. Sogar wegen des neuen Hauses und der Dienstboten brummelst du herum.«

»Isabel!«

»Ja, ja, das ist schon so«, sagte Isabel rasch. »Du denkst, sie wären ein weiteres schlechtes Zeichen. Oh, ich weiß, daß du so denkst. Ich spüre es«, fuhr sie leise fort, »jedesmal, wenn du die Treppe raufkommst. Aber wir hätten doch nicht länger in dem anderen engen kleinen Loch wohnen bleiben können, William. Sei wenigstens praktisch! Also, da war doch noch nicht einmal genug Platz für die Kinder.«

Ja, das stimmte. Jeden Vormittag, wenn er vom Gericht nach Hause kam, fand er die Kinder mit Isabel in dem hinteren Wohnzimmer. Sie ritten da auf dem Leopardenfell, das über die Sofalehne geworfen war, oder sie spielten Kaufmannsladen, Isabels Schreibtisch war der Ladentisch, oder Pad saß auf dem Teppich vor dem Kamin und ruderte mit einer kleinen Kohlenschaufel aus Messing wie ums liebe Leben, während Johnny mit der Zange auf Piraten schoß. Und abends ging's dann im Huckepack die schmale Stiege hinauf zu ihrer dicken alten Nanny. Ja, es war sicherlich ein enges kleines Haus gewesen. Ein weißes Häuschen mit blauen Vorhängen, vor dem Fenster ein Blumenkasten mit Petunien. William empfing ihre Freunde an der Tür mit den Worten: »Unsere Petunien schon gesehn? Ganz schön gewaltig für London, meint ihr nicht auch?« Verrückt, völlig unverständlich aber war, daß er nicht die leiseste Ahnung davon gehabt hatte, daß Isabel nicht genauso glücklich war wie er. Mein Gott, so blind zu sein! Damals war er nicht im entferntesten auf die Idee gekommen, daß sie in Wirklichkeit dieses unbequeme kleine Haus haßte, daß sie der Meinung war, die dicke Nanny würde die Kinder verziehen, daß sie sich verzweifelt einsam fühlte, sich nach neuen Menschen und neuer Musik und Bildern und so weiter sehnte. Wenn sie nicht zu diesem Atelierfest bei Moira Morrison gegangen wären – wenn Moira Morrison beim Abschied nicht gesagt hätte: »Ich werde Ihre Frau retten, Sie Egoist. Sie ist wie eine köstliche kleine Titania« – wenn Isabel nicht mit Moira nach Paris gefahren wäre – wenn – wenn ...

Der Zug hielt erneut an einem Bahnhof. Bettingford. Du lieber Himmel! In zehn Minuten wären sie da. William stopfte den Papierkram wieder in seine Taschen. Der junge Mann ihm gegenüber war

schon längst verschwunden. Jetzt stiegen die beiden anderen aus. Die Spätnachmittagssonne beschien Frauen in Baumwollkleidern und braungebrannte, barfüßige kleine Kinder. Sie strahlte auf eine seidige gelbe Blume mit rauhen Blättern herab, die einen felsigen Hang überwucherte. Die Luft, die ungestüm durch die Fenster hereinwehte, roch nach Meer. Ob Isabel dieses Wochenende wohl dieselben Leute da hätte, fragte sich William.
Und er dachte daran, wie sie früher ihre Ferien verbracht hatten, sie vier, dazu Rose, das kleine Bauernmädchen, um die Kinder zu betreuen. Isabel trug eine Strickjacke und das Haar in einem Zopf. Sie sah ungefähr wie vierzehn aus. Du lieber Gott! wie sich seine Nase immer schälte. Und was für Mengen sie aßen, und was für Mengen sie schliefen in dem mächtigen Federbett, ihrer beider Füße umeinander verschränkt... William konnte ein düsteres Lächeln nicht unterdrücken, als er sich Isabels Entsetzen vorstellte, wenn sie das ganze Ausmaß seiner Sentimentalität wüßte.

»Hallo, William!« Sie war also doch auf dem Bahnhof; wie er es sich vorgestellt hatte, stand sie ein kleines Stück abseits von den anderen, und – Williams Herz machte einen Satz – sie war allein.
»Hallo, Isabel!« William starrte sie an. Er fand, sie

sähe so schön aus, daß er etwas sagen müsse. »Du siehst so kühl aus.«

»Ja?« erwiderte Isabel. »Mir ist aber gar nicht sehr kühl. Komm, dein schrecklicher alter Zug hat Verspätung. Das Taxi ist draußen.« Sie legte ihm leicht die Hand auf den Arm, als sie am Fahrkartenkontrolleur vorbeigingen. »Wir sind alle gekommen, um dich abzuholen. Aber Bobby Kane haben wir im Süßwarenladen gelassen, wir müssen dort vorbeifahren.«

»Oh!« sagte William. Das war alles, was er im Augenblick hervorbringen konnte.

Im grellen Sonnenlicht wartete das Taxi, Bill Hunt und Dennis Green lümmelten auf der einen Seite, den Hut ins Gesicht gezogen, während auf der anderen, mit einem Hut wie eine Riesenerdbeere, Moira Morrison auf und ab hüpfte.

»Kein Eis! Kein Eis! Kein Eis!« rief sie fröhlich.

Und Dennis fiel unter dem Hut hervor ein: »Gibt's nur im Fischladen.«

Und mit den Worten: »Mit *ganzem* Fisch drin«, tauchte Bill Hunt auf.

»Ach, wie dumm!« jammerte Isabel. Und sie erklärte William, wie sie die ganze Stadt nach Eis abgeklappert hätten, während sie auf ihn gewartet hatte. »Einfach alles läuft die steilen Klippen hinab ins Meer, von der Butter angefangen.«

»Wir werden uns mit der Butter einfetten müssen«, sagte Dennis. »Möge es Ihrem Kopf, William, nicht an Fett fehlen.«

»Hört mal«, fragte William, »wie sollen wir sitzen? Ich geh wohl lieber zum Fahrer vor.«

»Nein, Bobby Kane sitzt beim Fahrer«, sagte Isabel. »Du setzt dich zwischen Moira und mich.« Das Taxi fuhr los. »Was hast du denn da in den geheimnisvollen Paketen?«

»Ab-ge-schla-ge-ne Köp-fe!« ließ sich Bill Hunt hören, er schüttelte sich unter seinem Hut.

»Oh, Obst!« Isabel klang sehr zufrieden. »Kluger William! Eine Melone und eine Ananas! Das ist doch zu nett!«

»Nein, wart mal«, sagte William lächelnd. In Wirklichkeit aber war er bekümmert. »Ich hab sie für die Kinder mitgebracht.«

»Ach, du liebe Güte!« Isabel lachte und schob ihm die Hand unter den Arm. »Sie wüden sich in Qualen wälzen, wenn sie das essen sollten. Nein« – sie tätschelte seine Hand –, »du mußt ihnen das nächste Mal etwas mitbringen. Ich weigere mich, meine Ananas herzugeben.«

»Grausame Isabel! Laß mich mal riechen!« sagte Moira. Flehend schlang sie die Arme um William. »Oh!« Der Erdbeerhut fiel nach vorn; sie war nur ganz leise zu hören.

»Eine Dame, in eine Ananas verliebt«, sagte Dennis, als das Taxi vor einem kleinen Laden mit einer gestreiften Markise hielt. Die Arme vollbepackt mit allerlei Päckchen, trat Bobby Kane heraus. »Hoffentlich sind sie wirklich gut. Ich hab sie wegen der Farben genommen. Da sind ein paar runde drunter, die sehen wirklich zu göttlich aus. Und seht euch doch bloß mal dieses Nugat an«, rief er verzückt, »Guckt doch nur mal! Ein richtiges kleines Gedicht!«

Aber in dem Augenblick erschien der Händler. »Ach, das hab ich doch ganz vergessen. Nichts davon ist bezahlt«, rief Bobby, wobei er ganz erschrocken aussah. Isabel gab dem Mann einen Schein, und Bobby strahlte wieder. »Hallo, William! Ich sitze neben dem Fahrer.« Und barhäuptig, ganz in Weiß, die Ärmel bis zu den Schultern aufgekrempelt, sprang er auf seinen Platz. »Avanti!« rief er ...

Nach dem Tee gingen die anderen schwimmen, während William dablieb, um sich mit den Kindern zu versöhnen. Aber Johnny und Paddy schliefen schon, die rosenrote Glut war verblaßt, Fledermäuse schwirrten umher, und die Schwimmer waren noch immer nicht zurückgekehrt. Als William die Treppe hinabschlenderte, ging das Mädchen mit einer Lampe durch die Halle. Er folgte ihm ins Wohnzimmer, einen langgestreckten gelben Raum. William gegenüber an der Wand war ein junger Mann gemalt, überlebensgroß, mit stark schlotternden Beinen, der einer jungen Frau mit einem sehr kurzen und einem sehr langen, dünnen Arm ein großknospiges Gänseblümchen bot. Über den Stühlen und dem Sofa hingen schwarze Stoffbahnen mit großen Flecken wie von zerbrochenen Eiern, und überall, wohin man sah, schien ein mit Zigarettenkippen gefüllter Aschenbecher zu stehen.

William setzte sich in einen der Sessel. Wenn man heutzutage mit einer Hand in die Polster fuhr, stieß man nicht auf ein Schaf mit drei Beinen oder eine Kuh, die ein Horn verloren hatte, oder eine dicke, runde Taube aus Noahs Arche. Man angelte dagegen noch eins dieser eingeschlagenen Büchlein verschmiert aussehender Gedichte hervor... Er dachte an das Bündel Papiere in seiner Tasche, aber er war zu hungrig und zu müde zum Lesen. Die Tür stand offen; aus der Küche drang Lärm. Die Dienstboten unterhielten sich, als wären sie allein im Haus. Plötzlich erklang lautes kreischendes Gelächter und ein ebenso lautes »Sch!« Sie hatten sich seiner erinnert. William stand auf und ging durch die Glastür in den Garten, und als er dort im Dunkeln stand, hörte er die Schwimmer den Sandweg heraufkommen. Ihre Stimmen schallten durch die Stille.

»Ich denke, Moira ist dran, ihre kleinen Tricks zu gebrauchen.«

Tragisches Stöhnen von Moira.

»Wir brauchten für die Wochenenden ein Grammophon, das ›Das Mädchen von den Bergen‹ spielte.«

»Ach nein! Ach nein!« rief Isabels Stimme. »Das ist nicht fair William gegenüber. Seid nett zu ihm, Kinder! Er bleibt nur bis morgen abend da.«

»Überlaß ihn mir!« rief Bobby Kane. »Mich um Leute zu kümmern ist meine Spezialstrecke.«

Das Tor schwang auf und zu. William regte sich auf der Terrasse. Sie hatten ihn entdeckt. »Hallo, William!« Das Handtuch schwenkend, begann Bobby Kane, auf dem verdorrten Rasen auf und ab zu springen und Pirouetten zu drehen. »Schade, daß Sie nicht mit waren, William. Das Wasser war göttlich. Und hinterher waren wir alle in einer kleinen Kneipe und haben Schlehenlikör getrunken.«

Die anderen hatten das Haus erreicht. »Sag mal, Isabel«, rief Bobby, »soll ich heute abend mein Nijinsky-Gewand anziehen?«

»Nein«, entschied Isabel, »keiner zieht sich um. Wir kommen ja alle bald um vor Hunger. William

auch. Kommt, mes amis, fangen wir mit Sardinen an.«
»Ich hab die Sardinen entdeckt«, sagte Moira, sie lief in die Halle und hielt eine Dose hoch in die Luft.
»Eine Dame mit einer Sardinenbüchse«, kommentierte Dennis feierlich.
»Nun, William, und was macht London so?« fragte Bill Hunt, als er den Korken aus einer Whiskyflasche zog.
»Ach, London hat sich nicht groß verändert«, antwortete William.
»Das gute, alte London«, sagte Bobby sehr herzlich, dabei spießte er eine Sardine auf.
Doch im nächsten Moment war William vergessen. Moira Morrison begann zu sinnieren, welche Farbe die Beine unter Wasser denn nun wirklich hätten.
»Meine haben die Farbe ganz, ganz heller Pilze.«
Bill und Dennis verschlangen enorme Mengen. Und Isabel füllte Gläser, wechselte Teller, suchte Streichhölzer, das alles mit einem seligen Lächeln. Einmal sagte sie: »Ich wünschte, Bill, du würdest das malen.«
»Was malen?« fragte Bill laut, wobei er sich den Mund mit Brot vollstopfte.
»Uns«, antwortete Isabel, »hier am Tisch. In zwanzig Jahren wäre das so großartig.«

Bill verdrehte die Augen und kaute. »Das Licht stimmt nicht«, sagte er unwirsch, »viel zuviel Gelb«, und aß weiter. Und auch das schien Isabel zu entzücken.

Nach dem Abendessen jedoch waren sie alle so müde, daß sie nur gähnen konnten, bis es spät genug war, ins Bett zu gehen ...

Erst am nächsten Nachmittag, als William aufs Taxi wartete, fand er sich mit Isabel allein. Als er seinen Koffer in die Halle hinabbrachte, verließ Isabel die anderen und kam zu ihm herüber. Sie bückte sich und hob den Koffer an. »Der ist aber schwer!« sagte sie und lachte ein wenig verlegen. »Laß mich tragen! Bis ans Tor.«

»Nein, warum solltest du?« erwiderte William. »Nichts dergleichen. Gib ihn her.«

»Ach, bitte, laß mich doch«, bat Isabel. »Ich möchte wirklich.« Schweigend gingen sie nebeneinander her. William hatte das Gefühl, daß es jetzt nichts zu sagen gab.

»Also«, triumphierte Isabel, als sie den Koffer absetzte und gespannt die sandige Straße entlangsah. »Diesmal scheine ich dich ja kaum zu Gesicht gekriegt zu haben«, sagte sie, ganz außer Atem. »Die Zeit ist so kurz, nicht wahr? Mir ist, als wärst du gerade erst gekommen. Das nächste Mal –« Das Taxi kam in Sicht. »Hoffentlich kümmern sie sich in London richtig um dich. Es tut mir so leid, daß die Kleinen heute den ganzen Tag nicht da waren, aber Miss Neill hatte das so geplant. Du wirst ihnen sehr fehlen. Du Ärmster, mußt wieder nach London fahren.« Das Taxi bog ein. »Auf Wiedersehen!« Sie gab ihm einen kleinen, hastigen Kuß, und fort war sie.

Felder, Bäume, Hecken flogen vorbei. Sie schaukelten durch das leere, wie ausgestorben wirkende Städtchen, plagten sich die Steigung zum Bahnhof hinauf.

Der Zug war schon da. William steuerte auf ein Raucherabteil erster Klasse zu und warf sich in die Ecke, aber diesmal ließ er die Akten, wo sie waren. Er verschränkte die Arme gegen den beharrlichen, dumpf nagenden Schmerz und begann, im Geist einen Brief an Isabel zu schreiben.

Wie immer kam die Post spät. Unter bunten Sonnenschirmen saßen sie in Liegestühlen vorm Haus. Nur Bobby Kane lag zu Isabels Füßen auf dem Rasen. Es war trüb, drückend schwül. Schlaff wie eine Fahne hing der Tag herab.

»Ob es im Himmel auch Montage gibt?« fragte Bobby wie ein Kind.

Und Dennis murmelte: »Der Himmel wird ein einziger langer Montag sein.«

Doch Isabel überlegte hin und her, was wohl aus dem Lachs geworden war, den sie gestern abend zum Abendessen hatten. Mittags hätte es Fischmayonnaise geben sollen, und jetzt ...
Moira schlief. Schlafen war ihre neueste Entdekkung. »Das ist sooo wunderbar. Man macht nur die Augen zu, weiter nichts. Es ist sooo köstlich.«
Als der alte rotbäckige Briefträger auf seinem Dreirad die sandige Straße entlanggefahren kam, hatte man das Gefühl, die Lenkstange müßte eigentlich ein Ruder sein.
Bill Hunt ließ sein Buch sinken. »Die Post«, sagte er voller Behagen, und sie alle warteten. Aber, du herzloser Briefträger – Oh, du tückische Welt! Es gab nur einen einzigen Brief, einen dicken Brief für Isabel. Nicht mal eine Zeitung.
»Und meiner ist nur von William«, bedauerte Isabel.
»Von William – schon?«
»Er schickt dir euren Trauschein zurück, als zarte Mahnung.«
»Hat denn jeder einen Trauschein? Ich dachte, nur die Dienstboten.«
»Seiten über Seiten! So seht doch mal! Eine Dame, einen Brief lesend«, sagte Dennis.
Meine liebste, teuerste Isabel. Seiten über Seiten. Je weiter Isabel las, desto mehr wandelte sich ihr Er-

staunen in ein Gefühl, als müßte sie ersticken. Was in aller Welt hatte William bewogen …? Wie seltsam das war … Was konnte ihn veranlaßt haben …? Sie war verwirrt, ihre Erregung wuchs, sogar Angst war dabei. Das sah William ähnlich. Wirklich? Es war natürlich absurd, es mußte einfach absurd sein, ja lächerlich. »Ha, ha, ha! Du liebe Güte!« Was sollte sie nur tun? Isabel warf sich in den Liegestuhl zurück und lachte, bis sie gar nicht mehr mit Lachen aufhören konnte.

»Erzähl schon, ja erzähl schon«, bettelten die andern. »Du mußt's uns erzählen.«

»Ich brenne darauf«, gluckste Isabel. Sie richtete sich auf, nahm den Brief und winkte ihnen damit zu. »Kommt her«, sagte sie. »Hört zu, das ist zu phantastisch. Ein Liebesbrief!«

»Ein Liebesbrief! Einfach göttlich!« *Meine liebste, teuerste Isabel.* Kaum hatte sie begonnen, als ihr Gelächter sie auch schon unterbrach.

»Weiter Isabel, das ist großartig.«

»Das ist der phantastischste Fund.«

»Ach, lies doch schon weiter, Isabel!«

Da sei Gott vor, mein Liebling, daß ich Deinem Glück im Wege stehe.

»Oh! Oh! Oh!«

»Sch! Scht! Scht!«

Und Isabel las weiter. Als sie zum Ende kam, waren sie geradezu hysterisch. Bobby wälzte sich auf dem Rasen und schluchzte beinahe.

»Den mußt du mir geben, so wie er ist, ganz, für mein neues Buch«, sagte Dennis bestimmt. »Ich werde ihm ein ganzes Kapitel widmen.«

»Ach, Isabel«, stöhnte Moira, »die Stelle ist ganz großartig, wo es um das Dich-im-Arm-Halten geht.«

»Ich hab immer gedacht, diese Briefe bei Scheidungen wären bloß erfunden. Aber sie verblassen ja neben dem hier.«

»Gib mal her. Ich will ihn selbst lesen, mit diesen meinen eigenen Augen«, sagte Bobby Kane.

Doch zum Erstaunen aller zerknüllte Isabel den Brief in ihrer Hand. Sie lachte nicht mehr. Rasch blickte sie in die Runde; sie sah erschöpft aus. »Nein, nicht jetzt. Nicht jetzt«, stammelte sie.

Und noch ehe es ihnen gelungen war, ihre Fassung wiederzugewinnen, war sie ins Haus gerannt, durch die Halle, die Treppen hinauf, in ihr Schlafzimmer. Sie setzte sich auf die Bettkante. »Wie gemein, ekelhaft, widerlich, abscheulich«, murmelte Isabel. Sie hielt die Finger an die Augen gepreßt und wiegte sich hin und her. Und wieder sah sie die andern, aber nicht vier, über vierzig, wie sie lachten, höhnten, spotteten, die Hände ausstreckten, während sie ihnen Williams Brief vorlas. Oh, daß sie so was Scheußliches getan hatte! Wie hatte sie das nur tun können! *Da sei Gott vor, mein Liebling, daß ich Deinem Glück im Wege stehe.* William! Isabel preßte das Gesicht ins Kopfkissen. Aber sie spürte, daß sogar das feierlich-ernste Schlafzimmer sie für das hielt, was sie war, oberflächlich, leer schwätzend, hohl ...

Alsbald ließen sich aus dem Garten unten Stimmen vernehmen.

»Isabel, wir gehen jetzt alle schwimmen, Komm doch!«

»Komm, die du William angetraut bist!«

»Ruft sie noch einmal, ehe ihr geht, ruft noch mal!«

Isabel richtete sich auf. Jetzt war der Augenblick gekommen, jetzt galt es zu entscheiden. Würde sie mit ihnen schwimmen gehen oder hierbleiben, um William zu schreiben? Was, was sollte sie tun? ›Ich muß mich entschließen.‹ Ach, wie konnte es da überhaupt eine Frage geben? Natürlich würde sie hierbleiben, um zu schreiben.

»Titania!« flötete Moira.

»Isa-bel?«

Nein, das war wirklich zu schwer. ›Ich – ich werde mit ihnen schwimmen gehen und später William schreiben. Andermal. Später. Nicht jetzt. Aber ich werde ganz bestimmt schreiben‹, hastete es durch Isabels Gedanken.

Und mit der neuen Art zu lachen rannte sie die Treppe hinunter.

Eine Tasse Tee

Rosemary Fell war nicht eigentlich schön. Nein, schön hätte man sie nicht nennen können. Hübsch? Na ja, wenn man sie auseinandernahm... Aber warum denn so grausam sein und jemanden auseinandernehmen? Sie war jung, gescheit, äußerst modern, ausgesprochen gut gekleidet, erstaunlich belesen im Neuesten vom Neuen, und ihre Gesellschaften stellten die phantastischste Mischung dar von wirklich angesehenen Leuten und... Künstlern – seltsamen Gestalten, Entdeckungen von ihr, einige davon unbeschreiblich greulich, aber andere ganz präsentabel und amüsant.

Rosemary war seit zwei Jahren verheiratet. Sie hatte einen ganz süßen Jungen. Nein, nicht Peter – Michael. Und ihr Mann vergötterte sie geradezu. Sie waren reich, wirklich reich, nicht nur mit allerhand Gütern gesegnet, was abscheulich spießig ist und sich nach Großvaters Zeiten anhört. Doch wenn Rosemary einkaufen gehen wollte, dann fuhr sie nach Paris, so wie unsereins in die Bond Street ging. Wenn sie Blumen kaufen wollte, dann hielt ihr Wagen vor diesem hochnoblen Geschäft in der Regent Street, und drin im Laden beäugte Rosemary alles auf ihre verwirrende, ziemlich exotische Art und sagte: »Ich möchte die und die und die. Geben Sie mir vier Sträuße von denen da. Und diesen Krug Rosen. Ja, ich möchte alle Rosen aus dem Krug. Nein, keinen Flieder. Ich hasse Flieder. Er ist so unförmig.« Der Verkäufer verneigte sich und räumte den Flieder aus den Augen, als ob das nur zu wahr wäre; Flieder war schrecklich unförmig. »Geben Sie mir diese kurzstieligen kleinen Tulpen. Die roten und weißen da.« Und ein dünnes Ladenmädchen folgte ihr zum Auto, es schwankte unter der Last eines riesigen weißen Pakets auf den Armen, das an ein Baby in langem weißem Kleidchen erinnerte ...

An einem Winterabend hatte sie etwas in einem kleinen Antiquitätengeschäft in der Curzon Street gekauft. Es war ein Laden ganz nach ihrem Geschmack. Zum einen hatte man ihn gewöhnlich ganz für sich. Zum andern bereitete es dem Inhaber geradezu ein lächerliches Vergnügen, sie zu bedienen. Er strahlte immer, wenn sie kam. Er faltete die Hände; kaum daß er sprechen konnte, so erfreut war er. Natürlich Schmeichelei. Trotzdem war da etwas ...

»Sehen Sie, Madam«, pflegte er in leisem, respektvollem Ton zu erklären, »ich liebe meine Dinge. Eher möchte ich mich nicht davon trennen, als daß

ich sie jemandem verkaufe, der sie nicht zu schätzen weiß, dem das feine Empfinden fehlt, das so selten ist...« Und tief atmend rollte er ein winziges, viereckiges Stückchen blauen Samt auf und drückte es mit blassen Fingerspitzen auf die gläserne Ladentafel.
Heute war es eine kleine Dose. Er hatte sie für sie aufgehoben. Er hatte sie noch niemandem gezeigt. Eine köstliche kleine Emaildose mit einer so feinen Glasur, daß sie wie aus Creme gebacken aussah. Auf dem Deckel stand eine zierliche Gestalt, ein Jüngling, unter einem blühenden Baum, und eine noch zierlichere Gestalt hatte ihre Arme um seinen Hals geschlungen. Ihr Hut, beileibe nicht größer als ein Geranienblatt, hing an einem Zweig; er hatte grüne Bänder. Und über ihren Köpfen schwebte wie ein wachsamer Cherub eine rosarote Wolke. Rosemary streifte die langen Handschuhe ab. Sie zog immer die Handschuhe aus, wenn sie derlei begutachtete. Ja, die Dose gefiel ihr sehr. Sie fand sie entzückend; sie war ganz allerliebst. Sie mußte sie haben. Und wie sie so die cremefarbene Dose drehte und wendete, den Deckel auf- und zumachte, konnte sie nicht umhin festzustellen, wie reizend sich doch ihre Hände von dem blauen Samt abhoben. Der Händler mochte ganz im geheimen gewagt haben, das gleiche zu denken. Denn er

nahm einen Bleistift, beugte sich über den Ladentisch, und seine blassen, blutleeren Finger krochen scheu auf diese rosigen, strahlenden zu, als er leise murmelte: »Wenn ich Madam die Blumen auf dem Mieder der kleinen Dame zeigen dürfte.«

»Entzückend!« Rosemary bewunderte die Blumen. Aber wie hoch wäre denn der Preis? Einen Augenblick schien der Händler nichts zu hören. Dann drang ein Murmeln zu ihr: »Achtundzwanzig Guineen, Madam.«

»Achtundzwanzig Guineen.« Rosemary regte sich nicht. Sie stellte die kleine Dose auf den Ladentisch; sie knöpfte die Handschuhe wieder zu. Achtundzwanzig Guineen. Auch wenn man reich ist... Ihr Blick verriet nichts. Über den Kopf des Inhabers hinweg starrte sie wie eine plumpe Henne auf einen plumpen Teekessel, und ihre Stimme klang träumerisch, als sie antwortete: »Nun ja, heben Sie die Dose für mich auf – ja? Ich...«

Aber der Händler hatte sich schon verneigt, als ob die Dose für sie aufzuheben das Höchste wäre, was ein menschliches Wesen erbitten könnte. Er wäre natürlich bereit, sie auf ewig für sie aufzuheben.

Die diskrete Tür schloß sich mit einem Klicken. Rosemary stand wieder draußen auf den Stufen und starrte in den winterlichen Nachmittag. Es regnete, und es schien, als käme mit dem Regen auch die Dunkelheit und rieselte wie feine Asche herab. Ein kalter, bitterer Geschmack hing in der Luft, und die eben angezündeten Lampen sahen traurig aus. Auch in den Häusern gegenüber waren die Lichter traurig. Sie brannten trübe, als bedauerten sie etwas. Und die Leute hasteten vorbei, unter abscheulichen Schirmen verborgen. Rosemary spürte einen merkwürdig stechenden Schmerz. Sie preßte den Muff an die Brust; sie wünschte, sie hätte auch die kleine Dose, um sich daran festzuhalten. Selbstverständlich stand der Wagen da. Sie brauchte nur über den Bürgersteig zu gehen. Aber sie wartete noch. Es gibt Augenblicke im Leben, schreckliche Augenblicke, wenn man aus der Geborgenheit heraustritt und hinausschaut, und das ist einfach schrecklich. Man sollte ihnen nicht erliegen. Man sollte nach Hause gehen und einen besonders guten Tee trinken. Doch just bei dem Gedanken stand ein junges Mädchen, dünn, dunkel, schattenhaft – woher war sie nur gekommen? – dicht neben Rosemary, und eine Stimme hauchte, als seufzte, ja schluchzte sie beinahe: »Madam, dürfte ich Sie einen Augenblick sprechen?«

»Mich sprechen?« Rosemary wandte sich um. Sie sah ein kleines, ausgezehrtes Geschöpft mit riesigen Augen, ganz jung, nicht älter als sie, das mit geröteten Händen den Mantelkragen umkrampfte

und zitterte, als wäre es gerade aus dem Wasser gekommen.
»M-madam«, stammelte die Stimme. »Würden Sie mir das Geld für eine Tasse Tee geben?«
»Eine Tasse Tee?« In der Stimme lag etwas Einfaches, Aufrichtiges; es war ganz und gar nicht die Stimme einer Bettlerin. »Dann haben Sie wohl überhaupt kein Geld?« fragte Rosemary.
»Keins, Madam«, kam die Antwort.
»Wie merkwürdig!« Rosemary spähte durch die Dämmerung und das Mädchen starrte sie ihrerseits an. Wie überaus merkwürdig! Und plötzlich kam es Rosemary wie ein Abenteuer vor. Wie aus einem Roman Dostojewskis, diese Begegnung in der Dämmerung. Und wenn sie nun das Mädchen mit nach Hause nähme? Und wenn sie nun wirklich mal so etwas täte, wovon sie ständig las oder was sie dauernd auf der Bühne sah, was dann? Es wäre aufregend. Und zum Erstaunen ihrer Freunde hörte sie sich hinterher sagen: »Ich hab es einfach mit nach Hause genommen«, als sie einen Schritt vortrat und zu der verschwommenen Gestalt neben sich sagte: »Kommen Sie mit zu mir nach Hause zum Tee.«
Das Mädchen wich erschrocken zurück. Es hörte sogar für einen Augenblick zu zittern auf. Rosemary streckte eine Hand aus und berührte es am

Arm. »Ich meine das ganz im Ernst«, sagte sie lächelnd. Und sie spürte, wie einfach und freundlich ihr Lächeln war. »Warum wollen Sie denn nicht? Kommen Sie doch. Fahren Sie jetzt im Auto mit zu mir nach Hause zum Tee.«

»Das – das ist doch nicht Ihr Ernst, Madam«, sagte das Mädchen, und Schmerz schwang in seiner Stimme.

»Aber ja!« rief Rosemary. »Ich möchte, daß Sie mitkommen. Mir zuliebe. Kommen Sie nur!«

Das Mädchen legte die Finger an den Mund und verschlang Rosemary förmlich mit den Augen. »Sie – Sie – bringen mich nicht zur Polizei?« stammelte es.

»Zur Polizei!« Rosemary lachte laut auf. »Warum sollte ich denn so grausam sein? Nein, ich möchte Sie nur aufwärmen und – alles hören, was Sie mir erzählen wollen.«

Hungrige Menschen lassen sich leicht lenken. Der Diener hielt den Wagenschlag auf, und einen Augenblick später glitten sie durch die Dämmerung.

»Na also!« sagte Rosemary. Ein Gefühl des Triumphs durchzog sie, als sie die Hand in den Samtgurt schob. Genausogut hätte sie sagen können: Jetzt hab ich dich, als sie die kleine Gefangene betrachtete, die ihr ins Netz gegangen war. Aber sie meinte es natürlich freundlich. Sie würde dem

Mädchen beweisen, daß – im Leben tatsächlich wunderbare Dinge geschahen, daß – es wirklich gute Feen gab, daß – reiche Leute ein Herz hatten und daß Frauen einander Schwestern waren. Impulsiv wandte sie sich dem Mädchen zu und sagte: »Sie brauchen keine Angst zu haben. Warum sollten Sie schließlich nicht mit zu mir kommen? Wir sind doch beide Frauen. Wenn ich die vom Glück begünstigtere bin, sollten Sie erwarten ...«

Aber zum Glück, denn sie wußte nicht, wie der Satz weitergehen sollte, hielt in dem Augenblick das Auto. Die Glocke wurde geläutet, die Tür ging auf, und mit einer bezaubernden, schützenden, beinahe umarmenden Gebärde zog Rosemary die andere in die Halle. Wärme, Weichheit, Licht, Wohlgeruch, all diese Dinge, die ihr so vertraut waren, daß sie nie auch nur einen Gedanken daran verschwendete, sah sie die andere in sich aufnehmen. Es war faszinierend. Sie glich dem reichen kleinen Mädchen im Kinderzimmer, wo es all die Schränke aufzumachen, all die Schachteln auszupacken gab.

»Kommen Sie, kommen Sie hinauf«, sagte Rosemary im Verlangen, mit dem Großzügigigsein zu beginnen. »Kommen Sie hinauf in mein Zimmer.« Und außerdem wollte sie es diesem armen kleinen Ding ersparen, von den Dienstboten angestarrt zu werden. Als sie die Treppen hinaufstiegen, beschloß sie, nicht einmal nach Jeanne zu läuten, sondern ihre Sachen selbst auszuziehen. Es kam ganz darauf an, natürlich zu sein!

Und »Na also!« rief Rosemary wieder, als sie ihr schönes, geräumiges Schlafzimmer betraten, wo die Vorhänge zugezogen waren, der Schein des Feuers auf den wunderbaren Lackmöbeln spielte, auf den goldenen Kissen und den blaßgelben Teppichen.

Das Mädchen war an der Tür stehengeblieben; es schien benommen zu sein. Aber Rosemary störte sich nicht daran.

»Kommen Sie und setzen Sie sich doch«, rief sie und zog den großen Sessel ans Feuer, »setzen Sie sich hierher in diesen Sessel. Kommen Sie schon und wärmen Sie sich. Sie sehen so schrecklich erfroren aus.«

»Ich trau mich nicht, Madam«, sagte das Mädchen und trat einen Schritt zurück.

»Ach bitte« – Rosemary lief zu ihm –, »Sie dürfen keine Angst haben, wirklich nicht. Setzen Sie sich, und wenn ich abgelegt habe, gehen wir nach nebenan, trinken Tee und machen es uns gemütlich. Wovor haben Sie denn Angst?« Und halb schob sie mit sanfter Gewalt die magere Gestalt in die tiefe Mulde des Sessels.

Aber es kam keine Antwort. Das Mächen verharrte genauso, wie es hingesetzt worden war, die Hände an der Seite, den Mund leicht geöffnet. Offen gestanden, sah es ziemlich dümmlich aus. Rosemary wollte das aber nicht wahrhaben. Mit den Worten: »Möchten Sie nicht Ihren Hut ablegen?«, beugte sie sich über es. »Ihr hübsches Haar ist ja ganz naß. Und man fühlt sich doch auch so viel wohler ohne Hut, nicht wahr?«

Da ließ sich ein Flüstern vernehmen, das wie »Sehr wohl, Madam«, klang, und der zerbeulte Hut wurde abgenommen.

»Und lassen Sie mich Ihnen auch aus dem Mantel helfen«, sagte Rosemary.

Das Mädchen stand auf. Aber mit einer Hand hielt es sich am Sessel fest und ließ Rosemary ziehen. Es strengte direkt an, da ihr die andere kaum dabei half. Wie ein kleines Kind schien sie hin und her zu schwanken, und Rosemary fuhr es durch den Sinn, daß Leute, die Hilfe wollten, auch selbst ein bißchen etwas dazutun müßten, nur ein bißchen, sonst wurde es wahrhaftig sehr schwierig. Und was sollte sie nun mit dem Mantel anfangen? Sie ließ ihn auf dem Fußboden liegen, ebenso den Hut. Sie wollte sich gerade eine Zigarette vom Kaminsims nehmen, als das Mädchen schnell, doch so leicht und sonderbar sagte: »Entschuldigen Sie, Madam, aber mir wird ganz schwach. Ich falle um, Madam, wenn ich nichts zu essen bekomme.«

»Du lieber Himmel! Wie rücksichtslos von mir!« Rosemary stürzte zur Klingel.

»Tee! Auf der Stelle den Tee! Und sofort Kognak!«

Das Dienstmädchen war gegangen, als das Mädchen beinahe aufschrie: »Nein, ich möchte keinen Kognak! Ich trinke niemals Kognak. Was ich möchte, ist eine Tasse Tee, Madam.« Und es brach in Tränen aus.

Ein schrecklicher und doch faszinierender Augenblick. Rosemary kniete sich neben dem Sessel hin.

»Weinen Sie nicht, Sie armes kleines Ding«, sagte sie. »Nicht weinen.« Und sie gab der anderen ihr Spitzentaschentuch. Sie war wirklich unsäglich gerührt. Sie legte den Arm um diese mageren, vogelgleichen Schultern.

Jetzt vergaß die andere endlich ihre Scheu, vergaß alles außer dem einen, daß sie beide Frauen waren, und stieß hervor: »Ich kann nicht mehr so weitermachen. Ich halte das nicht aus. Ich halt das einfach nicht mehr aus. Ich bring mich um. Ich kann das nicht mehr aushalten.«

»Das brauchen Sie auch nicht. Ich werde mich um Sie kümmern. Hören Sie auf zu weinen. Sehn Sie nicht, wie gut es war, daß Sie mir begegnet sind?

Wir trinken jetzt Tee, und Sie erzählen mir alles. Und ich werde etwas unternehmen. Das verspreche ich Ihnen. Nun hören Sie doch zu weinen auf! Das ist so zermürbend. Bitte!«
Die andere hörte gerade zeitig genug damit auf, daß Rosemary aufstehen konnte, ehe der Tee gebracht wurde. Sie ließ den Tisch zwischen beide stellen. Sie traktierte das arme kleine Ding mit allem, mit Sandwiches, mit Butterbroten, und immer, wenn die Tasse des Mädchens leer war, füllte sie sie mit Tee, Sahne und Zucker. Es hieß immer, Zucker wäre so nahrhaft. Sie selbst aß nichts; sie rauchte und blickte taktvoll beiseite, damit sich die andere nicht genieren sollte.
Und die Wirkung dieser leichten Mahlzeit war tatsächlich wunderbar. Als der Teetisch fortgeräumt worden war, ruhte in dem mächtigen Sessel ein neues Wesen, ein zartes, zerbrechliches Geschöpf mit wirrem Haar, dunklen Lippen, tiefen, leuchtenden Augen, ruhte da gleichsam in wohliger Ermattung und schaute in die Flammen. Rosemary steckte sich eine neue Zigarette an; nun galt es zu beginnen.
»Wann hatten Sie denn zuletzt etwas gegessen?« fragte sie sanft.
In dem Augenblick jedoch drehte sich der Türknauf.

»Rosemary, darf ich hereinkommen?« Es war Philip.
»Natürlich.«
Er trat ein. »Oh, Verzeihung!« sagte er und blieb mit großen Augen stehen.
»Schon gut«, erwiderte Rosemary lächelnd. »Das ist eine Bekannte, Miss –«
»Smith, Madam«, sagte die wohlig schlaffe Gestalt, die so sonderbar still und furchtlos war.
»Smith«, fuhr Rosemary fort. »Wir wollen ein wenig miteinander plaudern.«
»O ja«, sagte Philip, »freilich.« Und sein Blick fiel auf den Hut und den Mantel auf dem Fußboden. Er kam zum Feuer herüber und stellte sich mit dem Rücken dazu. »Ein gräßlicher Nachmittag«, wagte er sich neugierig vor. Sein Blick hing noch immer an der reglosen Gestalt, schweifte über ihre Hände und Schuhe und kehrte dann zu Rosemary zurück.
»Ja, nicht wahr?« sagte Rosemary voller Begeisterung. »Scheußlich.«
Philip lächelte sein gewinnendes Lächeln. »Eigentlich wollte ich dich für einen Augenblick in die Bibliothek bitten, Ja? Entschuldigen Sie uns einen Augenblick, Miss Smith?«
Die großen Augen waren auf ihn gerichtet, aber Rosemary antwortete für sie: »Aber selbstver-

ständlich.« Und sie gingen miteinander aus dem Zimmer.

»Also«, sagte Philip, als sie allein waren. »Nun erklär mal. Wer ist sie? Was soll das ganze heißen?«

Rosemary lehnte lachend an der Tür und erwiderte: »Ich hab sie in der Curzon Street aufgelesen. Wirklich. Sie ist eine richtige Zufallsbekanntschaft. Sie hat mich um Geld für eine Tasse Tee, und da hab ich sie eben mit nach Hause gebracht.«

»Aber was um alles in der Welt willst du mit ihr machen?« rief Philip.

»Nett zu ihr sein«, antwortete Rosemary rasch. »Furchtbar nett zu ihr sein. Mich um sie kümmern. Ich weiß zwar nicht, wie. Wir haben noch nicht miteinander geredet. Aber ihr zeigen – sie behandeln – ihr das Gefühl geben –«

»Mein Schatz«, sagte Philip, »du bist ja verrückt. So geht das doch nicht.«

»Ich wußte, daß du das sagen würdest«, entgegnete Rosemary. »Warum denn nicht? Ich möchte aber. Ist das nicht ein Grund? Und außerdem liest man ständig von so etwas. Ich habe beschlossen –«

»Aber«, sagte Philip gedehnt, und er schnitt das Ende der Zigarre ab, »sie ist so sagenhaft hübsch.«

»Hübsch?« Rosemary war so erstaunt, daß sie errötete. »Findest du? Das – das ist mir gar nicht aufgefallen.«

»Du lieber Gott!« Philip zündete ein Streichholz an. »Sie ist einfach entzückend. Sieh sie dir doch mal an, mein Kind. Mich hat es eben umgeworfen, als ich in dein Zimmer kam. Immerhin ... Ich glaube, du bist im Begriff, einen schlimmen Fehler zu machen. Entschuldige, Liebling, wenn ich ungehobelt und all so was bin. Aber gib mir Bescheid, ob Miss Smith mit uns ißt, damit ich rechtzeitig in ›The Milliner's Gazette‹ nachsehen kann.«

»Du alberner Kerl!« Rosemary verließ die Bibliothek, ging aber nicht zurück in ihr Schlafzimmer, sondern in ihr Schreibzimmer und setzte sich an den Schreibtisch. Hübsch! Einfach entzückend! Hat ihn umgeworfen! Das Herz schlug ihr wie eine tonnenschwere Glocke. Hübsch! Entzückend! Sie zog das Scheckbuch zu sich heran. Aber nein, Schecks wären natürlich sinnlos. Sie öffnete ein Fach und nahm fünf Pfundnoten heraus, schaute sie an, legte zwei davon zurück und kehrte, die drei in der Hand zusammengepreßt, in ihr Schlafzimmer zurück.

Eine halbe Stunde später war Philip noch in der Bibliothek, als Rosemary hereinkam.

»Ich wollte dir nur sagen«, bemerkte sie, wieder an die Tür gelehnt, und sah ihn mit ihrem bestürzenden exotischen Blick an, »Miss Smith wird heute abend nicht mit uns speisen.«

Philip legte die Zeitung weg. »Oh, was ist passiert? War wohl schon woanders eingeladen?«

Rosemary kam zu ihm herüber und setzte sich auf sein Knie. »Sie wollte unbedingt gehen, also hab ich dem armen kleinen Ding Geld gegeben. Ich konnte sie doch nicht gegen ihren Willen dabehalten, oder?« setzte sie leise hinzu.

Rosemary war frisch frisiert, hatte die Augen ein wenig nachgedunkelt und die Perlen umgelegt. Sie hob die Hände, strich Philip übers Gesicht. »Magst du mich?« fragte sie, und ihre süße belegte Stimme bekümmerte ihn.

»Ich mag dich furchtbar gern«, sagte er und drückte sie fester an sich. »Küß mich.«

Schweigen.

Dann sagte Rosemary träumerisch: »Ich hab heute eine hinreißende kleine Dose gesehen. Für achtundzwanzig Guineen. Krieg ich die?«

Philip ließ sie auf seinem Knie hopsen. »Ja, kleine Verschwenderin.«

Aber das war es eigentlich gar nicht, was Rosemary hatte sagen wollen.

»Philip«, flüsterte sie, und drückte seinen Kopf an ihre Brust, »bin ich *hübsch?*«

Zu dieser Ausgabe

insel taschenbuch 2325
Katherine Mansfield
Der Mann ohne Temperament
und andere Erzählungen

Die vorliegenden Erzählungen sind folgender Ausgabe entnommen: Katherine Mansfield, Ausgewählte Werke in zwei Bänden. Herausgegeben von Wolfgang Wicht. Aus dem Englischen übertragen von Heide Steiner. Insel-Verlag Anton Kippenberg, Leipzig 1981. © 1980 Insel-Verlag Anton Kippenberg Leipzig.

Die Frau im Kaufladen. Originaltitel: The Woman at the Store. Erstveröffentlichung in der Literaturzeitschrift »Rhythm«, herausgegeben von John Middleton Murry und Michael Sadlier, Oxford, Frühjahr 1912. Deutsche Übersetzung aus: Katherine Mansfield, Ausgewählte Werke, op. cit., Band 1, S. 65-76

Etwas Kindisches, aber sehr Natürliches. Originaltitel: Something Childish But Very Natural. Erstveröffentlichung in der Literaturzeitschrift »The Signature«, herausgegeben von John Middleton Murry und D. H. Lawrence, London 1915. Deutsche Übersetzung aus: Katherine Mansfield, Ausgewählte Werke, op. cit., Band 1, S. 89-109

Der Mann ohne Temperament. Originaltitel: The Man without a Temperament. Erstveröffentlichung in »Art and Letters«, London, Frühjahr 1920. Deutsche Übersetzung aus: Katherine Mansfield, Ausgewählte Werke, op. cit., Band 1, S. 264-278

Ehe à la mode. Originaltitel: Marriage à la mode. Erstveröffentlichung in der Zeitschrift »Sphere«, London, November 1921. Deutsche Übersetzung aus: Katherine Mansfield, Ausgewählte Werke, op. cit., Band 1, S. 391-402
Eine Tasse Tee. Originaltitel: A Cup of Tea. Erstveröffentlichung in der Zeitschrift »Storyteller«, Mai 1922. Deutsche Übersetzung aus: Katherine Mansfield, Ausgewählte Werke, op. cit., Band 1, S. 418-426
Umschlagabbildung: »Der lesende Arrigo« (1916), Gemälde von Fillide Levasti